KB154363

한 눈이 반했습니다

한 눈이 반했습니다

김하진 소설집

OTD

END

차례

솔로 인 더 라이트

1

고전 복식의 빈티지 바비. 60년대 출시된 디자인을 90년대에 복각한 제품으로 미희가 그간 수십 구 사 모은 바비 시리즈였다. 고전적인 파란 아이섀도와 빨간 립스틱, 눈썹 위로 말린 앞머리와 풍성한 포니테일이 특징적인, 눈동자를 왼쪽으로 흘기는 금발의 새침데기. 상표만 같을 뿐 현대판 바비와는 딴판이었다.

미희는 장식장 속의 인형을 두 손으로 그러쥐고 천천히 꺼냈다.

'그러니까 지금, 이게 말했다고…….'

미희는 드레스 모양이 망가지지 않도록 손놀림에 신중을 기했다. 접이식 우산을 보기 좋게 접는 일처럼 인형 다리를 쥐고, 손바닥을 넓게 펴 치맛단을 말았다. 인형은 초승달이 그려진 종이판에 팔과 허리가 고정되어 플라스틱과 종이로 만든 박스에 담겼다. 개봉하던 날과 정확히 역순으로.

찰칵. 미희는 디지털카메라로 포장 상태의 사진을 찍었다. 플라스틱 부분이 형광등 불빛을 반사하는 통에 구도를 바꿔가며 여러 장 찍어야 했다. 미희는 노트북 앞에 앉아 포장 전후로 찍은 사진을 신중히 검토했다. 하얀 모피 스톨, 연분홍 새틴 드레스와 펌프스 등 구성품만을 찍은 사진과 옷을 모두 벗기고 인형 본체를 찍은 사진이 따로 있었는데, 제품 상태가 양호함을 강조하기 위함이었다.

미희가 작업표시줄의 크롬 아이콘을 누르자 작성 중이던 게시글이 화면 가득 나타났다.

[판매] 빈티지 바비 '인챈티드 이브닝(Enchanted Evening)'

게시판 지정 양식에 맞춰 작성 글을 점검하고 사진 삽입과 대표 이미지 등록까지 마치는 동안, 미희는 인형의 상품명을 소리 내 읽었다. 인챈티드 이브닝. 마법에 걸린 듯한, 황홀한 저녁. 영문명이 입에 붙지 않아 번역해 읽어 본 것인데 그마저도 낯설었다.

표현이 생소한 건지 사는 동안 그런 순간이 없어서인지……. 마우스 휠을 굴리며, 미희는 생각했다. 그러다 딸깍, 게시글 등록 버튼을 클릭하는 소리에 그런 순간이 있었다는 것, 마법에 걸린 듯한 황홀한 저녁이 제 삶에도 있었다는 걸 상기했다.

2년 전의 봄, 계정만 있고 활동은 없었던 미희의 페이스북에 메시지가 도착했다. 발신인은 중학교 3학년 당시 반의 오락부장이었던 동현이었다. 주중에 동창 모임을 주선할 예정이니 참석해 주었으면 한다는, 대량 인쇄한 생일파티 초대장 같은 메시지였다.

고등학교도 아니고 중학교 동창 중 다시 보고 싶을 만큼 인상적인 사람은 없었지만, 마침 원단 회사 인턴을 수료한 직후라 시간이 비었다. 춤추듯 휘감긴 연분홍 새틴 드레스처럼 벚꽃이 흩날리던 봄날, 막 소속을 잃은 미희는 어디든 속하지 않고는 견딜 수 없을 것 같았다.

동현이 예약한 맥줏집에 나타난 것은 학급 인

원의 1/3 정도였다. 동창 모임이라기엔 썰렁하고 동호회 뒤풀이라기도 서로 간의 친목이 너무 없어 보였다.

"너 이름이 뭐더라?" "한지혜." "너는?" "최상욱." 십 년 만에 본 얼굴들은 낯설지도 반갑지도 않았다. 메시지를 돌린 동현 말고는 이름과 얼굴을 제대로 외우는 사람이 없어서, 모두 눈에 익은 둘 셋하고만 대화를 나눴다. 그마저도 "중학교 졸업 후 어떻게 지냈니?" 따위의, 그랬구나, 정말? 하고 고개를 주억이지만, 다음 날이면 주저 없이 잊을 것들을 묻고 답했다. 마땅한 대화 주제가 없거나 불편한 침묵이 오가는 때엔 자발적으로 벌주를 들이켰다.

모임이 시작된 지 두 시간이 지났을 무렵, 미희는 혼자 두 병 가까이 맥주를 마셨다. 미희는 자신이 제법 취했다고 생각했다. 허공을 나는 빨간 항공 잠바가 자신들을 향해 다가오고 있었으니까. 거리가 가까워질수록 빨간 항공 잠바에는 팔과 다리, 머리가 자라더니 종국에는 말까지 했다.

"아직 안 갔네?"

"준! 마감 때문에 못 온다더니?" 동현이 과장

되게 알은체했다.

준이라고? 술에 취해 둔하게 끔벅이던 눈들에 생기가 돌았다. 빨간 항공 잠바를 걸친 깔끔한 인상의 남자가 준이라니.

모두의 기억 속 준은 작달막한 키에 여드름투성이 피부, 더벅머리를 한 과도기 남학생이었다. 모임 공지를 위해 찾은 준의 페이스북에서, 준의 최근 사진을 먼저 본 동현은 당시 받은 충격을 숨긴 채 태연한 척 굴었다.

의자 수를 앉은 인원에 딱 맞춰둔 터라 준은 옆 테이블의 남는 의자를 끌어다 앉았다. 한 명 한 명 눈인사를 하던 준이 미희 차례에 멈췄다.

"너 김미희지."

어어, 뭐야. 준을 중심으로 긴장돼 있던 분위기가 다시 산만해졌다.

"내 이름도 기억해?" "한지연." "나는?" "최동욱." 모두가 준에게 제 이름을 물었지만, 준은 미희와 동현을 제외하고는 꼭 한 글자씩 틀리게 대답했고 그럴수록 미희의 존재감은 점점 불어났다.

"덕후들은 관심 있는 것만 기억하는 법이지."

동현이 짓궂게 말했다.

수업 시간을 제외하고, 준은 늘 다른 반 친구와 어울렸다. 쉬는 시간이나 점심시간, 방과 후 시간이면 다른 반 친구와 수다를 떠는 준의 모습이 자주 목격됐는데, 화제는 늘 건담 애니메이션이었다. 말수가 적고 자주 눈치를 보던 반에서의 모습과 달리, 건담 이야기를 할 때의 준은 사방이 진공상태라도 된 듯 흥분해 떠들어댔다. 준과 말 한번 섞어본 적 없는 반 애들도 준이 소위 말하는 건담 덕후라는 것을 알 정도였다.

"준 같은 애들을 성덕이라고 하지 않냐. '덕업 일치' 뭐 이런 말 있잖아."

"건담으로 무슨 일을 하길래 성덕까지야."

"왜, 잠실에 있는 건담 테마 카페. 그거 준 거래."

뭐? 동현의 말에 모두가 핸드폰을 꺼내 들고 웹 검색창을 열었다. '건담, 카페'만 검색해도 최상단에 잠실 소재의 '스페이스 노이드'가 나왔다. 방문 후기만 수백 개에 주요 신문사에서 준을 인터뷰한 기사까지 있었는데, 기사 전문에는 온통 건담으로 장식된 가게와 1/10 사이즈 건담 옆에서 환하게 웃는 준의 모습이 실려 있었다.

모두가 놀란 입을 다물지 못하는 사이, 미희가 물었다.

"스페이스 노이드가 뭐야?"

아아, 스페이스 노이드가 뭐냐면……. 준이 상기된 얼굴로 설명을 시작했다.

'우주로 추방당한 인류'를 의미하는 건담 용어인데 애니메이션 속 핵심 인물인 '샤아'도 스페이스 노이드에 속한다고. 준이 '샤아'에 강세를 두자, 그것이 중요한 정보라도 되는 듯 모두들 '샤아'를 검색했다.

샤아 아즈나블, 빨간 제복에 은색 헬멧을 쓴 금발의 미형 파일럿. 미희는 캐릭터 이미지의 빨간 제복과 준의 빨간 항공 잠바를 번갈아 보았다.

"우주로 나간 인류야말로 사실상 진보한 게 아닐까……."

푸핫, 미희가 웃음을 터트렸다. 영문 모를 박장대소에 주변에선 미희를 향해 불안한 눈빛을 쏘아댔다. 그러거나 말거나, 미희는 준의 빨간 항공 잠바를 가리키며 웃어댈 뿐이었다.

"옷 말이야. 샤아랑 똑같잖아."

뒤늦게 캐릭터 이미지와 준을 번갈아 본 이들이 "뭐야." 하며 싱겁게 웃었다. 미희의 웃는 얼굴에 준은 열여섯 소년 시절로 돌아간 듯 수줍어했고, 미희는 잠바만큼 빨개지는 목과 얼굴, 귀를 눈으로 좇으며 즐거워했다.

마감 시간에 맞춰 나온 이들은 '단톡방을 만들자', '이른 시일 내에 또 만나 놀자'라며 아쉬운 티를 내다가 비틀대는 걸음으로 역과 정류장을 향해 각자 걸어갔다.

집에 가? 어느새 미희 곁에 다가선 준이 물었다.

가야지, 넌 안 가? 미희가 푸르르, 입술을 떨었다.

"좀 아쉽네."

"또 모일 거라잖아. 그땐 일찍 와."

"그때도 나올 거야?"

"응?"

"난 너랑 더 얘기하고 싶은 건데."

"……."

미희는 나른한 눈으로 역 앞의 벚나무가 흔들리는 모습을 쳐다보았다. 지하철역이 내뿜는 창백

한 빛 속으로 발을 내디뎠을 때, 준이 미희를 다급히 불러 세웠다. 지하로 내려가는 에스컬레이터에 이미 한쪽 발을 디딘 터라, 하마터면 균형을 잃고 넘어질 뻔했다.

"시간 괜찮으면 커피 마시러 갈래?"

미희는 역 근처의 온통 불 꺼진 프랜차이즈 매장을 둘러보고는 대체 어디서? 하는 의아한 눈빛을 보냈다.

스페이스 노이드로 가주세요. 택시 뒷좌석에 앉은 준이 말했다. 네, 잠실이요. 내비게이션에 도착지를 입력한 택시 기사가 대꾸했다. 미희는 가게까지의 경로를 보기 위해 앞좌석으로 몸을 내밀었다.

"스페이스 노이드, 정말 있구나."

"그렇게 못 믿을 얘기였어?"

"있어도 지구 밖에나 있을 줄 알았지."

미희는 차창을 비껴가는 건물과 그것들의 잔상을 보며 우주선을 타고 지구를 떠나는 상상을 했다.

미희는 딱지 모양 쪽지 아이콘에 생성된 '1'을 클릭했다. 인챈티드 이브닝을 구매한 빈티지 돌 카페의 유저로부터 쪽지가 와 있었다.

　　미미 님, 보내주신 택배 잘 받았습니다. 사진으로 봤
을 땐 괜찮아 보였는데, 실물을 보니 변색이 좀 있네요……
수집용 인형이니 모쪼록 직사광선이 닿지 않는 곳에 보관
하시기를 추천합니다…… 거래 감사합니다.

　　미희는 베란다 창에 딱 붙은 분홍 목제 장식장
앞에 섰다. 내벽에 거울이 붙은 3단 장식장은 맨 위
칸의 인형 두 구를 제외하고 온통 비어있었는데, 며
칠 동안 열 구 이상의 인형을 처분한 까닭이었다.
미희는 남은 인형들을 햇빛이 닿지 않는 구석으로
최대한 몰아세웠다.
　　수집용 인형이니 직사광선이 닿지 않는 곳에
보관하라고? 감히 누구더러……. 미희는 컴플레인
내용에 기분이 상했다. 빈티지 바비만 수십 구 보유
했던 미희가 그 정도 상식도 모를 리 없었다.
　　장식장은 원래 해가 안 드는 옷 방에 두던 것이
었는데, 준의 새 건담을 둘 공간을 마련하기 위해
무리하게 위치를 옮긴 것이었다. 준의 집이었으므

로, 바비가 건담보다 좋은 자리를 차지할 수는 없는 거였다.

　"밖에서 잠깐 기다려."

　준이 가게 불을 밝히자, 유리창 너머 '스페이스', 말 그대로 우주적인 공간이 엿보였다. 좌석 사이사이의 아크릴 케이스와 벽마다의 5단 쇼케이스에 크기와 모양이 다양한 수십 채의 건담이 전시돼 있었는데, 그중 가장 이목을 끄는 것은 창문을 향해선 1/10 사이즈의 건담이었다.

　건담 뒤로 나타난 준이 무언가 말하려는 듯 입을 벙긋댔다. 손에 든 리모컨과 1/10 사이즈 건담을 차례로 가리킨 준이 리모컨 버튼을 누르자, 건담이 육중한 날개를 펼치고 몸체의 파츠마다 불빛을 번쩍였다. 와아, 미희는 마술쇼를 본 아이처럼 손뼉을 쳤다.

　"요즘은 뭐 해?"

　"의류학과 졸업하고 원단 회사에서 인턴십 마친 참이야."

　"의류학과라면, 정말 디자이너 하려고?"

"디자이너? 아아."

인형 수집과 더불어 인형 옷 만들기에 취미가 있었던 미희는 장래 희망을 묻는 자리마다 '디자이너'를 말하곤 했다. 취미 내용과 연관 지을 마땅한 직업을 찾지 못했을 뿐, 디자이너라는 직업 자체에 열망이 있던 것은 아니었다.

"별걸 다 기억한다."

"기억할 만하지. 교실에서 공부하고 책 읽는 애들은 많았어도, 너처럼 바느질하던 애는 없었으니까."

당시 미희는 인터넷에서 구한 도안과 엄마에게 얻은 자투리 천으로 인형 옷 만들기에 빠져 있었다. 다른 아이들이 만화를 그리고 팬픽을 쓰던 것과 마찬가지로 그저 재미로, 취미로 한 일이었는데 준은 그런 미희의 모습에서 비전을 느꼈단다.

비전이라니? 미희가 되묻자 준은 쇼케이스의 1/144 건담부터 창가의 1/10 건담까지 손가락을 주욱 그어 보였다.

"네가 만든 인형 옷이, 사람 옷이 될 미래가 나한텐 보였다고."

대학 시절, 처음 원피스를 만든 날이 불현듯 떠올랐다. 미희 몸만 한 도안과 원단은 손바닥만 한 인형의 것과 차원이 달라서, 시접에만 남들의 두 배 이상 시간을 썼다.

준이 봤다는 미래가 그런 것은 아닐 텐데……. 미희는 괜히 부끄러웠다.

"당분간은 아르바이트부터 구하려고."

"아르바이트? 취업 준비랑 병행하는 거야?"

"행사 준비 때문에 급전이 필요해서……."

"행사라면 패션 쪽? 멋지다."

뭐, 비슷해. 미희는 준이 내온 라테를 한 입 마셨다. 우유 비린내에 커피 향이 죄다 먹힌 어중간한 음료였지만, "뭐, 라테랑 비슷해."하고 뭉뚱그릴 수 있는 것처럼.

거듭되는 질문에 미희가 불편함을 느낄 무렵 준이 좋은 생각이 났다는 듯 말했다.

"아르바이트 구하기 전이면 여기서 일할래?"

"여기서?"

"마침 일손이 필요한 참이라."

미희는 대답 대신 하하, 웃었다. 저녁 동안의

일들은 세서미 스트리트나 딩동댕 유치원 같은 아동용 인형극 같았다. 작위적일 만큼, 손쉽게 흘러갔다. 준은 절대적인 존재가 조종하는 핸드퍼펫처럼, 때마다 입을 달싹이며 미희의 일상에 마법을 부렸다.

"나랑 만날래? 카페 앞 오피스텔에서 같이 살래?"

그럴 때면 미희는, 긍정의 답만 녹음된 인형처럼 일정한 답을 내놓았다.

"그래, 좋아!"

2

흰 벌룬 드레스에 잎사귀 패턴 망사가 풍성한, 비즈 장식이 달린 면사포와 손가락 마디만 한 부케를 든 웨딩 데이(Wedding Day). 미희는 인형을 고정하는 스탠드째 조심히 꺼냈다. 미희는 웨딩드레스 안으로 인형 다리를 그러쥐었는데, 인형 전체가 화려한 부케 같았다.

박스만 있었다면 저것부터 팔았을 텐데. 미희는 장식장 맨 위 칸에 도도하게 선 솔로 인 더 스포트라이트(Solo In The Spotlight)를 향해 눈을 흘겼다. 그것 역시 태초에 그려진 대로 왼편을 향해 눈을 흘겼다. 패키지 박스를 보관하던 옷 방을 샅샅이 뒤졌지만, 오직 그것의 박스만 찾지 못했다. 수집가된 도리로 하자 있는 것을 팔 수는 없었으므로 미희는 웨딩 데이부터 처분하기로 마음먹었다.

다른 인형들과 마찬가지로 구성품과 인형 본체의 사진을 따로 찍은 다음 판매 글을 작성했다. 이전 구매자가 지적한 변색 문제가 마음에 걸려서, 상품 설명에 '햇빛에 의한 변색 있음' 문구도 추가했다.

박스를 봉하기 전, 족집게로 드레스와 면사포의 모양을 잡으면서 미희는 "캔은 어디 갔니?" 하고 혼잣말했다. 바비 시리즈 중 상당수의 제품이 바비와 캔을 묶어 팔았는데, 웨딩 데이도 그중 하나였다. 바비에 비해 캔은 시리즈마다 생김새 차이도 크고 금발에 몸짱이라는 것을 제외하면 특색이 없는 편이라 드레스나 장신구 같은 바비의 구성품 정도로 여겨졌다. 단 한 번도 캔의 존재가 아쉬웠던 적이 없지만, 웨딩 데이만큼은 캔이 있어야 하는 게 아닌지 고민이 됐다.

결혼이란 건 저 홀로 웨딩드레스를 갖춰 입는다고 할 수 있는 게 아니지. 미희가 쓸쓸한 얼굴을 했다. 준이 집을 비운 지 벌써 2주가 지나고 있었다.

매주 일요일은 '스페이스 노이드'의 정기 휴무였다. 오랜만에 침대 위에서 늦장을 즐기려던 미희는 온 집안에 풍기는 페인트 냄새에 이른 시간부터 침대를 떠나고 말았다. 옆자리에는 새벽 내내 프라모델을 도색한 준이 시체처럼 누워있었다.

거실로 나온 미희가 베란다 창을 열었다. 열린 문으로 상쾌한 아침 공기가 들어옴과 동시에 디딘 왼발 아래로 뾰족한 뿔 같은 것이 밟혔다. 이미 무게가 실린 왼발은 미희가 비명을 지르는 중에도 발 아래의 뾰족한 것을 완전히 짓뭉개고 말았다. 여러 겹으로 지어진 플라스틱 조형물이 산산이 부서지는 감각에, 미희의 가슴이 철렁 내려앉았다.

아이씨……. 준은 머리 위의 까치집을 신경질적으로 긁어댔다.

"조심 좀 하라고. 여기가 네 집이야?"

"미안해, 정말……."

욕지거리를 뱉으며 욕실로 들어간 준은 외출

복으로 갈아입고 현관을 나섰다. 마음 상하는 일이 있을 때마다 준은 꼭 '내 집', '네 집'을 갈라 말했다. 그리곤 친구 집이나 부모님 집에 머물며 며칠간 집을 비웠는데, 홀로 남겨진 미희의 불안을 자극하기 위한 악의적인 행동이었다.

발바닥에서 건담의 안테나를 빼내는 동안 눈에는 눈물이, 발에는 핏방울이 맺혔다. 미희는 준이 바닥에 대 놓았던 신문지 위로 플라스틱 파편을 모았다. 고작 5센티 크기의, SD 건담에 밀린 자신처럼 신문지를 처참히 구겼다.

흡, 숨을 들이마신 준이 캐리어를 들어 택시 트렁크에 실었다.

"이게 다야?"

"응. 나머지는 행사장으로 보내뒀어."

잘 다녀와. 창밖에 선 준이 손을 흔들었다. 미희도 택시 뒷좌석에 앉아 창밖을 향해 손을 마주 흔들었다.

미희는 행사장으로 발송한 부스 용품을 찾아 배정된 가판으로 이동했다. 가판대에 벨벳 식탁보를 깔고 진열용 네트 망과 수납함을 배치했다. 밑단 넓은 레트로 원피스 차림의 바비를 스탠드에 끼워 세우고, 개별 포장한 인형 옷을 네트 망과 수납함에 보기 좋게 진열했다. 포장 비닐마다 '미미의 의상 실'이라는 부스 명이 정갈한 마루부리체로 프린트 돼 있었다.

미희가 거의 매년 참가 중인 인형 동인 행사였 다. 빈티지 돌 카페의 유저들이 미희를 알아보고 '미미 님' 하고 알은체하기도 했다.

"이거 리카한테도 맞나요?"

"30cm 돌 기준이라 리카한텐 클 거예요."

미희는 바비 이외에도 미미, 리카, 제니 등 각 국 인형의 종류와 사이즈를 정확히 꿰고 있었다. 대 부분이 20~30cm로 오차 범위가 크지 않은 데다 가 종류마다 엇비슷하거나 아예 같은 사이즈도 많 아서 외우기 쉬웠다. 미희는 인형마다의 획일적인 크기가 마음에 들었다.

대학 시절에는 옷 한 벌 만들 때마다 모델 학과 사람들과 합을 맞출 일이 많았는데, 체형도 체취도 제각각인 사람들에게 붙어 줄자를 들이대는 일만큼 괴로운 것이 없었다. 담배 전 내를 풍기거나, 미희의 디자인이 촌스럽고 유치하다며 입기 싫다고 투덜댈 때 특히 그랬다.

"행사 어땠어?"

"완판이야. 오후부터 갈무리하고 다른 부스 구경하다 나왔어."

"우와, 완판이면 수익도 꽤 남나?"

"조촐한 플리 마켓 같은 거라 부스 신청이랑 부자재 비용 제외하면 거의 안 남지."

"그래도 완판이라니 대단하다."

미희의 완판을 기념하며, 두 사람은 저녁 외식을 나가기로 했다. 미희가 편한 옷으로 갈아입는 동안 캐리어를 방 안으로 옮기던 준은 지퍼 사이에 낀 이물질을 발견하고 캐리어를 열었다. 바닥 지퍼에 걸려 행사장에서 발견되지 못한 잔꽃 무늬 원피스. 지퍼에 낀 비닐 포장이 흉하게 구겨진 채였다.

준은 포장지에 출력된 '미미의 의상실'을 눈으로 읽으며 미희야, 하고 불렀다.

응? 화장대 앞에 선 미희가 돌아보았다.

"너 아직, 인형 옷 만들어?"

준의 찡그린 눈가와 일그러진 입매를 보자 미희는 대답 대신 침을 꼴딱 삼켰다. '인형 옷 만들어?'라는 물음이 '이런 거나 만들어?'로 혼동되어서 들렸다.

"응."

"……."

준은 미희를 향했던 시선을 거뒀다. 스페이스 노이드에서, 1/144 건담부터 1/10 건담까지 주욱 그었던 선이 다시금 1/144 건담으로 되돌아갔다. 어쩌면 더 뒤의, 5센티 크기의 SD 건담까지 갔는지도.

"나랑 전화 외국어 신청하자."

"웬 전화 외국어?"

"잘하는 외국어 한두 개 있으면 취업하기 좋잖아. 난 작년에 전화 일본어 수업 들었는데, 일본어 응대가 되니까 전년 대비 일본인 손님이 확 늘더라.

"글쎄……, 나중에."

"컴퓨터 활용 자격증 같은 건 어때. 너 포토샵이랑 엑셀 다 다룰 줄 아는데 자격증만 없는 거잖아. 따려면 금방 딸 텐데."

"음, 그것도 나중에."

인형 행사에 다녀온 이후로, 준은 미희에게 자기 계발을 닦달했다. 당장 취업은 물론 앞으로의 '비전'을 위해 나쁠 거 없지 않냐는 말을 들을 때면 미희는 극심한 피로감을 느꼈다.

아침 시간의 전화 중국어를 신청한 준은 잠에 취한 채 코를 고는 미희를 피곤한 얼굴로 쳐다보았다. 준 역시 미희의 나태와 무기력에 진저리가 나는 참이었다. 외계 행성에 착륙한 뒤로 우주선이 고장 나 제 별로 돌아가지 못하는 우주인이 된 심정으로. 준의 고물 우주선은 드르렁- 소리를 내며, 준이 달아주는 새 부품을 멋대로 떼어내고 있었다.

"대체 얼마나 나중인 건데."

결국, 준은 미희에 대한 답답한 마음을 토로했다.

"너 정말 이기적이야. 알아?"

"내가 뭘."

"내 집에 살고 내 가게에서 일하고, 내가 주는 걸 받기만 하잖아."

그건, 네가……. 미희가 자신 없어 하며 말끝을 흐렸다. 준은 그새를 놓치지 않고 미희의 허를 찔렀다.

"나랑 결혼할 생각은 있어?"

솔로 인 더 라이트

"결혼?"

"그래, 결혼."

한 번도 생각해 본 적 없던 결혼 이야기에 미희는 크게 당황한 기색이었다."

"1, 2년 잠깐 하는 연애라면 몰라도 결혼은 결국 장기적으로 이해타산이 맞아야 하는 거야. 너나 나나 더 발전하고 변해야 한다고."

"난……."

미희는 준이 있고 없는 삶에 대해 생각했다. 준과 헤어지면 스페이스 노이드도, 준의 오피스텔도 잃게 될 것이었다. 준의 집을 나가면 '다 큰 년이 인형이나 갖고 논다'라고 타박하는 부모님의 집에 돌아가는 수밖에 없었다. 마법에 걸린 것 같던 봄밤, 준에 의해 쉽게 얻은 것들이 준으로 하여금 쉽게 사라진다는 사실이 미희의 마음을 뒤흔들었다.

준은 다시 절대적 존재의 손에 들려 미희에게 마법을 부리려는 참이었다.

"나랑 결혼할래?"

미희는 준의 물음에 늘 그래왔던 것처럼, 녹음된 음성을 재생했다.

"그래, 좋아."

3

검정 망사가 넓게 퍼진 머메이드 드레스. 한 손에 분홍 스카프를 쥔 채 몸체만 한 스탠딩 마이크 앞에 서 있는 솔로 인 더 스포트라이트.

파느냐 마느냐, 그것이 문제로다. 미희는 작성란의 '임시 등록'과 '뒤로가기' 버튼을 마우스로 한참 오갔다. 판매 글을 모두 작성해 제품 사진만 찍으면 됐는데, 변색에 박스 분실까지 하자가 너무 많아 도통 판매 결심이 서지 않았다. 헐값에 올리면 팔리기야 하겠지만, 인형에 이어 패키지 박스까지 잘못 간수 한 사람으로 여겨지는 건 원치 않았다.

한 구 정도는, 남겨도 괜찮지 않을까? 미희가 빈티지 바비를 몽땅 처분하기로 마음먹은 것은, 바비 인형은 무익하다는 준의 견해 때문이었다. 준의 건담은 스페이스 노이드라는 사업체와 직결되지만, 빈티지 바비는 '취미'로 만드는 인형 옷에 대한 옷걸이 정도에 불과해서, 열 구 이상 보유하는 것은 재정적이고 공간적인 낭비라는 거였다.

똑같은 생김새의 인형이 열 구나 있을 건 뭐냐는 논조이기도 했으므로 제값에 팔 수 없는 한 구가 남는 것에 대해서는 준도 트집을 잡지 않을 것 같았다. 미희는 게시글 '삭제' 버튼을 향해 마우스를 움직였다.

"…… 해."

"이게 무슨 소리야?"

어디선가 기이한 말소리가 들려왔다. 우주로부터 날아온 교신처럼 웡웡 울려댔다. 미희는 거실로 나와 윗집이나 옆집에서 건너온 소리가 아닌지 집중해 들었는데, 말소리는 베란다 쪽에서 들려오고 있었다. 미희가 베란다 미닫이문을 힘껏 열었다. 베란다에서 내려다보이는 오피스텔 주차장에는 사람은커녕 차 한 대 없었다.

"그…… 만해."

베란다 오른편, 목제 장식장에서 소리가 들려왔다. 장식장 맨 위 칸에는 솔로 인 더 스포트라이트가 베란다 밖을 째려보고 있었다.

설마……. 미희는 떨리는 손으로 장식장 손잡

이를 잡았다. 도자기로 만든 손잡이의 서늘함이 손안 가득 퍼졌다. 유리문을 양쪽으로 열자, 뻐꾸기시계의 뻐꾸기처럼 우렁찬 말소리가 튀어나왔다.

"그 글 지우기만 해!"

미희가 어릴 때 갖고 있던, 재생 버튼을 누르거나 줄을 당기면 녹음된 말을 하는 인형. 드라이버를 찾지 못해 건전지를 교체하지 못하거나 내장된 스피커가 망가지는 등의 이유로 말소리를 잃은 인형은 구석에서 조용히 잊히다가, 부모님의 손에 버려졌다.

미희는 인형의 드레스를 들치며 스피커나 재생 버튼, 줄이 달렸는지를 확인했다.

"안 내려놔?"

인형은 닥친 일의 모든 맥락을 알고 있다는 듯 기분 나쁜 티를 냈다. 준이 가출한 일로 스트레스를 받아 정신에 이상이 생긴 걸까, 아니면 인형에 귀신이 들린 걸까. 미국의 처키나 애나벨, 머리가 계속 자란다는 일본의 키쿠코 인형처럼. 인형은 판매 글을 지우지 말라는 말을 앵무새처럼 반복했고, 미희는 인형의 상태에 반신반의하며 말했다.

"미안하지만, 넌 팔지 않기로 했어. 변색 자국
도 있고."

"다른 인형은 변색 됐어도 팔았잖아."

"구성에는 문제가 없었으니까."

"드레스에, 액세서리에, 스탠딩 마이크까지 다
있는데. 구성에 무슨 문제가 있다는 거야?"

문제 있지, 박스가 없으니까. 양손 검지로 큼
직한 네모를 그리며, 미희가 과장되게 말했다.

"수집용 인형은 박스랑 한 몸이나 마찬가지야."

"그럼 내 박스는 어디 있는데."

"몰라, 없어졌어."

"어디서?"

"집에서."

당장 찾아내! 인형이 꽥! 비명을 질렀다.

못 찾는대도……. 머뭇거리는 미희에게 인형
이 답답하다는 듯 짜증을 냈다.

"내다 버린 게 아니라면, 분명 이 50평 오피스
텔 안에 있는 건데. 왜 없다고 단정해? 찾기 싫은 거
야, 아니면 따로 짚이는 게 있는 거야?"

"……."

정곡인가 보네. 인형이 차갑게 말했다.

준이 집을 나간 지 사흘이 지났을 때, 이삿짐센터 사람들이 찾아왔다. 현관문을 연 순간 웬 남자들이 집 안으로 들어오려 하기에 하마터면 비명을 지를 뻔했다. 하나같이 투박한 생김새의 남자들이 준의 짐을 가지러 왔다고 설명했는데, 준이 시켰는지 "여기 집주인 분이요."하고 덧붙였다.

남자들은 큼직한 5호 박스 안으로 준의 건담을 신중히 옮겨 담았다. 여태껏 준이 집을 나간 일은 여럿 있었지만, 이삿짐센터까지 동원해 짐을 싸 간 적은 없었다. 미희가 불안한 걸음으로 거실을 맴도는 사이, 옷 방에서의 마무리 작업을 마친 남자들이 현관으로 나왔다.

"이 박스는 어디로 가나요?"

고객 개인정보라 알려드릴 수 없습니다. 남자들이 퉁명스럽게 대꾸했다.

볕이 들지 않아 상당수의 건담이 모여 있던 옷 방은, 빈티지 바비의 패키지 박스를 쌓아둔 곳이기도 했다. 박스가 사라진 것을 알게 된 날, 미희는 이삿짐센터 측의 실수로 5호 박스 안에 빈티지 바비의 패키지 박스가 섞였을 가능성을 생각했다.

준에게 전화를 걸었지만 받지 않았다. 가게 일이 바빠서 그럴 거야. 준이 여유를 찾는 마감 시간이 오길 기다리며, 미희는 커피를 연거푸 몇 잔 마신 거처럼 심장이 빠르게 뛰는 것을 느꼈다.

마감을 마쳤을 시간에도 준은 전화를 주지 않았다. 대신, 퉁명스러운 어투로 용건을 묻는 문자 메시지가 도착했다. 미희는 한참을 망설이다가 답장했다.

이삿짐센터에서 챙겨간 네 짐 속에, 바비 박스가 섞여 들어간 거 같아. 한번 확인해 줄 수 있어?

준은 한참 동안 답이 없다가 새벽녘에야 짧은 답장을 보내왔다.

없어.

"박스가 없다는 거야, 확인해 줄 수 없다는 거야."

"나중에, 준이 돌아오면 그때 받아도 늦지 않아."

"얼마나 나중인 건데. 나더러 저 답답한 데 갇혀서 네 남자 친구가 박스 들고 올 날이나 기다리라는 거야?"

"여태 그랬으면서, 새삼스럽게……."

"여태랑은 다르지. 이 안에, 이제는 나만 남았잖아!"

미희는 바비가 들어있던 목제 장식장을 바라보았다. 마지막 한 구까지 몽땅 비워진 장식장은 안쪽 벽에 붙은 거울을 통해 미희의 전신을 비추고 있었다. 미희 자체로 장식장에 든 거대한 인형 같았는데, 목제 장식장의 네모진 테두리가 양손 검지로 그린 박스 프레임을 떠올리게 했다.

"내가 바라는 건 박스가 아니야. 내가 바라는 건 이 답답한 곳을 떠나는 거야."

"당분간은 가게에 나오지 말라니까."

"응, 전화가 안 돼서."

"그렇다고 일하는 델 와?"

준은 제 몫의 아이스 아메리카노를 쭉 빨아 마셨다. 자리에 앉기 전, 미희는 카운터에서 두 사람

몫의 커피를 주문하고 준이 오기를 기다렸다. 동창 모임 이후 스페이스 노이드에 손님으로서 방문하 긴 처음이었다. 가게의 쇼케이스마다 진열된 건담 이 집에서 보던 것들로 바뀌어 있었는데, 이삿짐센 터를 통해 건담을 챙겨간 건 그 때문인 듯했다.

"요즘 어디서 지내?"

"본가."

"집엔 언제 들어오려고?"

"내 집에 언제 들어가든 내 마음이지."

그래. 네 집, 네 마음. 미희가 쓸쓸하게 웃으며 고개를 주억거렸다.

"내가 부탁한 박스는 찾아봤어?"

"박스? 아아……. 설마 너 박스 때문에 나 찾아 왔냐?"

"있을 거 같은데, 없다고만 하길래."

준은 기가 찬다는 듯, 음료가 든 플라스틱 잔을 탁 소리 나게 내려놓았다.

"우리 지금 싸우는 중이야. 박스고 자시고, 우 리 문제부터 해결해야 맞지."

"우리 문제? 넌 내 문제라고 생각하잖아. SD

건담을 부수고, 아직 인형 옷 따위나 만들고. 네가 봤다는 내 미래를 실현하지 못한 내 문제."

"너 그거 피해 의식이야."

너 나랑 결혼할 생각은 있니? 미희의 갑작스러운 물음에 준이 버벅댔다.

"당연하지. 우리가……. 아이씨, 그래. 네가 좀 변하면!"

준이 언성을 높이자, 가게 안의 손님들이 두 사람의 자리를 기웃댔다. 얼굴을 붉힌 채 잔뜩 흥분한 준의 모습은, 영락없는 열여섯 시절의 미운 얼굴이었다.

"까놓고 말해서, 지금의 너한텐 어떤 비전도 없어."

"집도 일도 결혼도, 내 변화에 대한 담보였던 거 알아. 여태 네가 준 것들 다 돌려줄게."

"뭐 하자는 거야?"

"그러니까 너도, 적어도 내 것 하나는 돌려줘."

"여기서 이렇게 끝내자고? 고작, 좀 변하라는 말이 듣기 싫어서?"

그래. 미희의 단호한 대답에 준은 스태프 룸으

로 성큼성큼 걸어 들어갔다. 스태프 룸에 들어간 지 몇 분이 채 지나지 않아 준은 박스를 찾아 나왔다. 준은 테이블 위로 솔로 인 더 스포트라이트의 패키지 박스를 툭 던졌다.

"용건 끝났으면 가."

음료 용기 아래 고인 물이 박스의 종이 부분으로 스몄다. 미희는 진공상태에 놓인 듯이 차분한 얼굴로 그 모습을 지켜보았다.

내가 바란 건 박스가 아니야. 내가 바란 건 준을 떠나는 거야.

미희는 젖은 박스를 챙겨 스페이스 노이드를 나섰다. 출입구 옆으로 1/10 건담이 보이자 건담 파편에 찔렸던 발바닥이 욱신댔다. 준과 함께 한 2년 동안 참 많이도 밟히고 차였는데, 미희라고 한번을 못 할까 싶었다.

"준."

카운터로 들어간 준이 잔뜩 골이 난 얼굴로 미희를 흘겼다. 미희는 1/10 건담부터 쇼케이스 구석의 SD 건담을 향해 검지를 주욱 그었다.

"너나 나나 참 작았던 거야."

행사 이후 텅 빈 채로 구석에 방치돼 있던 캐리어를 꺼냈다. 미희는 제 몫의 옷가지와 전자기기 등을 캐리어에 담았다. 거실로 나와서는 장식장 맨 위 칸의 솔로 인 더 스포트라이트를 꺼냈다.

"나 왔어."

현관에 들어서며 인형에게 말을 걸었지만, 인형은 자신이 언제 말했냐는 듯 시치미를 뗐다. 더할 나위 없어, 더 할 말이 없다는 듯 새빨간 입술 끝을 올린 채였다.

인형 박스를 옆구리에 끼고, 오피스텔 밖으로 캐리어를 끄는 동안 미희는 근 2년간 자신을 가뒀던 박스가 등 뒤에서 허물어지는 것을 느꼈다.

제법 많은 일이 있었음에도 아직 한 낮이었다. 조명처럼 환한 빛 속에 미희는 비로소 혼자였다.

—

"엄마! 인형이 말을 안 해!"

여섯 살 미희가 인형을 들고 엄마에게로 달려갔다. 부엌에서 식사를 준비하던 엄마는 고무장갑을 벗고 미희의 인형을 넘겨받았다. 등에 달린 줄을 잡아당기면 "넌 정말 멋진 소녀야!", "네 드레스 마음에 들어!" 등을 영어로 말하던 바비 인형. 미국에 사는 미희의 이모가 보내준 것으로 국내에는 아직 출시되지 않은 제품이었다.

미희는 고사리 같은 손으로 인형의 줄을 최대로 당겼고, 늘어난 줄은 도무지 되감기질 않았다.

에이, 고장 났다. 인형을 다시 미희 손에 쥐여주며 엄마가 말했다.

"이모한테 또 보내달라고 할게."

"아니야, 고장 난 거 아니야."

미희의 눈에는 바비의 줄이 미세하게, 눈에 보이지 않을 만큼 느린 속도로 되감기는 것이 보였다. 인형의 말소리는 아주 느린 속도로 미희를 향해 다가오고 있었다.

한 눈이 반했습니다

1

집에 돌아온 대상이 이심의 다래끼 안대를 보고 장난스럽게 말했다.

"레이지 아이*다."

안대만 보고도 영화 속 조연 캐릭터를 연상할 만큼, 대상은 대단한 영화광이었다.

"눈병이라도 걸린 거야?"

대상이 이심의 안대를 들췄다. 소매에서 안경원 특유의 세척액 냄새가 풍겼다. 조개껍질처럼 열린 안대 아래에 이심의 오른쪽 눈이 낚시 그늘에 칭칭 감긴 몰골로 깊은 잠에 빠져있었다.

두 사람은 1년 전 〈웨스 앤더슨 특별전〉에서

---

* 웨스 앤더슨의 영화 〈문라이즈 킹덤〉(2013)에 등장하는 스카우트 대원. 영화 내내 왼쪽 눈에 밴드를 붙이고 있다.

처음 만났다. 전시회를 함께 관람할 예정이던 직장 동료가 이동 중 접촉 사고를 낸 까닭에 이심은 전시 회장에 혼자 들어가야 했다.

크게 4개의 섹션으로 나뉜 전시회장은 작품별 의상과 소품, 스크린 포토 부스 등으로 구성되어 있었는데 영화마다의 스틸 컷을 구현한 포토 부스는 등장인물을 비워두어 그 자체만 찍기엔 초라해 보였다. 몇 개의 부스를 지나친 뒤 이심은 앞서가던 관람객에게 사진을 요청했다. 과묵한 인상의 대상이 카메라 앱을 켠 핸드폰을 건네받았다.

이심은 노란 들판이 펼쳐진 스크린 앞에 섰다. 투명 협탁 위에 소품으로 보이는 쌍안경이 놓여있었다. 이심은 쌍안경을 들고 이리저리 포즈를 취했는데, 쌍꺼풀 없는 오른쪽 눈으로 윙크하는 것이 사진 찍을 때의 습관이었다. 앱의 무소음 카메라로 사진을 몇 장 찍은 대상은 부스 바깥에 걸린 스틸 컷을 가리키며 말했다.

"수지처럼 해 보세요. 정자세로, 쌍안경으로 눈을 가려 봐요."

노란 들판을 등지고 쌍안경을 들여다보는 갈

색 머리 소녀가 보였다. 사진만 몇 장 찍고 말거라 생각했던 대상이 촬영을 주도하는 것에 신기해하며, 이심은 수지를 흉내 내 쌍안경을 썼다. 모양만 낸 줄 알았던 쌍안경으로 마주 보고 선 대상의 얼굴이 제대로 보였다. 핸드폰 위로 드러난 이마는 보는 사람을 차분하게 하는 힘이 있었다.

"저, 시간 되시면 커피라도 한 잔 대접할게요."

이심은 마지막 섹션까지 어울려 준 대상에게 사례하고 싶었다. 영화마다의 비하인드를 도슨트 격으로 늘어놓는 것으로 보아, 대상은 웨스 앤더슨 감독의 열혈 팬인 모양이었는데 사진을 찍느라 전시에 집중하지 못했을 게 마음에 걸렸다. 대상은 커피를 사겠다는 이심의 말에 크게 당황하더니 출구를 향해 황급히 걸어갔다. 허, 이게 무슨…. 전시회에서 작업이나 거는 교양 없는 사람으로 보였을까, 이심은 자존심이 크게 상했다.

'작업을 걸 만큼 잘난 얼굴도 아니면서….'

마지막 섹션에는 하반기에 개봉할 영화의 예고성 전시가 마련돼 있었는데, 이심은 그것을 지나쳐 곧장 출구로 향했다. 출구를 나서니 기프트숍에서 막 나온 대상이 이심을 향해 오고 있었다.

"커피, 맨입으로 얻어 마시긴 뭣해서…. 〈문라이즈 킹덤〉 좋아하세요?"

황당한 표정으로 봉투에 찍힌 기프트숍 마크를 본 이심은 혼자 열을 낸 일에 창피해하며 고개를 주억거렸다. 웨스 앤더슨의 영화를 즐겨보지 않아 특정 작품의 기호를 따질 수야 없겠지만 '좋아하냐?'에는 답할 수 있었다. 이심은 대상에게 한눈에 반했다.

두 사람은 장내 프랜차이즈 커피숍에 마주 앉았다. 전시를 보다 말고 포스터를 사러 가면 어떡하냐고 묻자, 대상은 이미 열 번 이상 본 전시라 괜찮다고 했다. 이심이 우와, 소리를 내며 감탄했다.

"아무리 좋아해도 그 정도로 보면 질릴 텐데요."

"아직은 외울 '정도'밖에 안 되거든요. 진짜 다 외워버리고 싶어요."

대상은 여가 시간이면 꼭 웨스 앤더슨의 영화를 틀어 둔다고 했다. 그가 가장 좋아하는 영화는 〈문라이즈 킹덤〉인데, 최애작이 같은 사람을 만나서 무척 기쁘다고. 아무래도 〈문라이즈 킹덤〉을 좋아하냐는 말에 고개를 끄덕인 일로 오해를 산 모양이었다. 이심이 자신 없어 하며 말했다.

"사실 이 감독 영화 잘 몰라요. 요새 핫한 전시라길래 회사 사람 따라온 건데. 사정이 생기는 바람에…."

"네에."

대상이 실망한 기색을 보이자 이심이 빠르게 덧붙였다.

"맨 처음 사진 찍어주신 부스가 〈문라이즈 킹덤〉이죠? 그 노란 들판이요. 그건 어떤 장면이에요?"

"샘과 수지라는 이름의 소년 소녀가 서로를 만나기 위해 길을 떠나는데, 여정 끝에 서로를 마주보게 되는 곳이 포스터 속 들판이에요."

대상이 이심 옆자리에 세워둔 포스터를 가리켰다.

"영화는 두 시간 남짓에 두 사람은 고작 열두 살이지만. 둘을 영원한 하나로 만드는 찰나이지 않았을까 해요."

대상이 감상에 취해있는 동안 영화를 본 적 없는 이심은 불과 1시간 전, 스크린 속 노란 들판을 등지고 대상과 마주 본 순간을 떠올렸다.

"낭만적이에요."

이심의 말에 대상이 미소 지었다.

"출구 앞에 있던 신작 전시 보셨죠?"

신작 전시라면…, 이심이 저 혼자 오해하여 씩씩대며 지나친 곳이었다. 이심은 물론 봤다고 거짓말을 했다.

"개봉하면 보러 가실래요?"

"좋아요."

"소식 들리자마자 연락할게요."

이심은 대상의 핸드폰에 번호를 찍어주었다. 잘 들어갔는지 안부 인사라도 먼저 할 줄 알았더니, 대상은 영화 개봉이 닥친 2개월 뒤에야 첫 연락을 주어 이심을 가슴 졸이게 했다.

두 사람은 금요일의 심야 영화를 예매했고, 으레 커플들이 앉는 맨 뒤 좌석에서 열렬한 키스를 나눴다. 영화가 시작한 뒤에도 대상이 떨어지려 하지 않자, 이심은 '그렇게 기대하던 영화를 다 놓치겠다'라며 속살댔다.

"이미 열 번 이상 봤어요."

"개봉한 지 고작 사흘 짼데요?"

천연덕스럽게 고개를 끄덕이는 대상 때문에, 이심은 하필 오디오가 비는 순간에 웃음을 터트리고 말았다. 여러모로, 심야라 다행이었다.

대상과 사귄 이래로 이심은 웨스 앤더슨의 모든 영화를 보았다. 〈그랜드부다페스트 호텔〉, 〈개들의 섬〉, 〈프렌치 디스패치〉, 〈애스터로이드 시티〉…. 대상의 최애 영화인 〈문라이즈 킹덤〉은 과장 없이 수십 번은 본 것 같았다. 웨스 앤더슨 영화에 대한 이심의 솔직한 감상은, 유치하고 난해하다는 것이었는데 감독 스타일에 대한 호불호를 넘어가만히 앉아 영화를 보는 일에 취미가 없었던 까닭이다.

두 사람은 대개 대상의 집, 거실 소파 위에서 데이트했다. 텔레비전 불빛과 어둑한 거실에서 이심은 영화관에서의 첫 데이트를 떠올리곤 했다. 가로로 널찍한 소파에 붙어 앉아 이심은 심야 영화를 보며 나눴던 키스를, 대상은 카페에서 나눈 영화 감상 따위를 기대했다.

하루는 이심이 뾰로통한 채로 물었다.

"웨스 앤더슨 말고 나랑 나누고 싶은 거 없어?"

"너랑 나눈다면 뭐든지. 웨스 앤더슨의 영화는 그중 하나일 뿐이야."

대상의 오른팔이 이심의 어깨를 다정하게 끌어안았다. 왼손으로는 어김없이 웨스 앤더슨의 영화를 틀면서. 영화 속 여성 캐릭터의 나신, 섹스 장면을 보는 대상의 시선은 지루할 만치 평온했다. 이심은 야한 속옷을 감춘 파자마 단추를 만지작대며 약 100분의 러닝타임을 견뎌야 했다.

사귄 지 반 년째, 이심은 끔찍한 지루함을 느꼈다. 채널을 돌리듯 옆에 앉은 남자를 다른 사람으로 바꿔버리고 싶다고. 대상의 어깨에 기댄 채 생각했다.

이심은 점심시간 동안 회사 앞 안경원에 들렀다. 잠결에 안경을 깔고 누워 코 받침이 부러지고만 것이었다.

"어서 오세요."

처음 보는 산뜻한 외형의 안경사가 이심을 맞이했다.

"안경테가 부러져서요"

이심이 안경집에 넣어온 안경을 꺼냈다. 부러

진 안경을 면밀히 살핀 안경사가 말했다.

"완전히 망가졌네요. 고쳐 쓰긴 힘들겠어요."

"역시 그렇겠죠."

"렌즈를 새 안경테로 옮기시죠."

안경사는 다채로운 테들이 보기 좋게 정렬된 쇼케이스 앞으로 이심을 안내했다. 이것저것 만져 보고 얼굴에 대보던 이심은 테가 한쪽뿐인 안경을 발견하고 그것이 무엇인지 물었다.

"모노클이에요. 외눈 시술하고 오시는 분들이 많아져서 테가 한쪽뿐인 안경이 다시 나오기 시작 했거든요. 19세기 배경의 영화에서나 보던 건데, 유행은 정말 돌고 도나 보죠."

"이것도 써볼 수 있을까요?"

이심은 핑크골드 색상의 철 테 모노클을 집어 왼쪽 눈에 써보았다. 쌍꺼풀 없는 오른쪽 눈을 감은 채 왼쪽 눈으로 바라본 거울 속에선 안경사, 대상 이 아닌 안경사가 이심을 향해 미소 짓고 있었다.

이심은 한동안 잊고 살았던 자신의 콤플렉스 를 떠올렸다.

2030년, 사람들은 대칭에 대한 묘한 광기에

사로잡혔다. 카메라 앱에 '대칭 필터'가 유행한 것을 시작으로 외국에서 얼굴과 몸의 대칭을 맞추는 부위별 교정 시술이 성행했다. 웨스 앤더슨이 세계적인 감독 반열에 오른 것 또한 그의 대칭 연출이 2030년의 미적 기준에 정확히 일치한 덕이었다.

해외에서는 비대칭인 부위를 절단하거나 봉합해 버리는 사례가 눈에 띄게 증가했는데 교정 수술이 불가능하거나 교정 정도가 미미할 것으로 예상되는 부위는 없애는 게 낫다는 인식이 주류로 여겨졌기 때문이다. 외국에 비해 한국에 도입된 시술은 한정적이었고 그중 한쪽 눈을 봉합하는 외눈 시술에 대한 기호도가 가장 높았다. 언론에서는 외모지상주의의 과열, 미용 시술을 빙자한 알파 세대의 무모한 미용 문화 등을 들먹이며 법적 금지를 주장했지만, 한국 보건 의료정보원에 정식 미용 시술로 등록되면서 차차 대상자가 늘어나는 추세였다. 후기 중에 '봉합 부위가 윙크하는 것 같아 애교스러워 보인다'라는 내용이 있을 정도였다.

"외눈 시술 후에 후회한 건 딱 하나야. 왜 진작 안 했을까!"

웨스 앤더슨 특별전에 함께 가기로 했던 박 주임 역시 발 빠르게 외눈 시술을 받았다. 전시회 날의 접촉 사고로 왼쪽 눈썹이 찢어져 흉터가 남았는데, 흉터에 눈썹이 자라지 않자 다른 쪽 눈썹도 흉터와 같은 모양으로 영구 제모했을 정도로, 대칭에 진심인 사람이었다. 지인 소개로 가면 할인해 준다는 박 주임 이야기에 넘어가 이심은 병원 예약까지 마쳤다.

수술 후 실 풀림, 살 처짐, 안구 건조, 시력 저하, 심지어는 실명까지 발생할 수 있었음에도 미용 시술이기 때문에 보험은 적용되지 않는다고 했다. 수술 동의서를 작성하고 수술대에 오른 이심은 30여 분의 시술 끝에 오른쪽 눈을 봉합하고 수술대에서 내려왔다. 간호사로부터 다래끼 안대를 받아 쓴 뒤, 병원을 나서자 180만 원의 결제 내역이 도착했다.

2

대상은 시술 사실을 첫눈에 알아보지 못했다.

이심은 시술 직후 거울로 본, 후기처럼 윙크하는 듯 보이던 봉합 부위를 떠올렸다. 붓기 때문에 실 자국이 울룩불룩하긴 했지만, 언뜻 보면 표가 나지 않을 정도였다. 그림이 서툰 아이가 한 손은 뒤로 숨기고, 한 눈은 윙크로 뭉뚱그린 느낌이랄까. 눈꺼풀과 눈 밑을 촘촘히 꿰맨 실을 발견하자 대상이 기겁했다.

"이거 설마 그거야? 외눈 시술?"

"응."

"갑자기 이걸 왜 한 거야?"

"늘 짝눈이 콤플렉스였던 거 알잖아."

"그래도. 그래도… 이건 정말 말도 안 되는 일이야."

대상은 심호흡하며 놀란 가슴을 진정시켰다.

"외눈 시술하고 안경원에 온 손님들 얘기해 줬잖아. 한쪽 눈을 봉합하면 다른 쪽 눈에 무리가 가서 시력이 크게 떨어지더라고. 뒤늦게 후회하거나 부작용 때문에 봉합을 풀더라도 꿰맨 곳이 너덜너덜해서 눈을 뜨고 감는 일도 힘겨워 보였다고…. 어떻게 그 얘길 다 듣고도 시술받을 생각을 해?"

"흥분하지 마. 그냥 미용 시술이야, 예전처럼

불법도 아니고. 보기 싫은 걸 감췄을 뿐이잖아."

"보기 싫다고 누가 그래."

"내가, 그리고 세상 모두가."

"그럼 나는. 네 오른쪽 눈을 좋아한 나는? 어떻게 이런 큰일을 나랑 상의도 없이 결정할 수 있어?"

이심과 사귄 이래로 대상은 가장 큰 실망감을 내비쳤다. 얼굴에 맞은 마취약 때문인지 이심은 표정 하나 바꾸지 않고 받아쳤다.

"차라리 왼쪽 눈을 봉합하길 바랐어?"

"그게 무슨 소리야."

"오른쪽이든 왼쪽이든 비대칭인 이상 한쪽은 꿰매야 했어. 자기가 남겼으면 한 건 오른쪽이었냐고."

"내 말은 대칭이 아니어도 양쪽 다⋯."

"대칭이 아니어도 상관없다고? 그 빌어먹을 감독의 대칭 연출에 환장하는 주제에. 거짓말 마."

"여기서 웨스 앤더슨이 왜⋯. 영화를 좋아하는 거랑 사람을 좋아하는 걸 어떻게 같은 선상에 둘 수 있어."

대상이 몹시 지친 얼굴로 말을 이었다.

"우리 조금만 쉬었다 얘기하자. 나 이제 막 집

에 왔고, 넌 지금…. 하여튼 정상이 아니야."

"자기가 좋아했더라도 나는 싫었어. 세상 사람들 모두가 안 예뻐하는 부위를 자길 위해 남겨둘 만큼, 내가 자길 사랑하지도 않아. 응, 사랑하지 않아."

이심은 재차 확인하듯이 사랑하지 않는다는 말을 두 번이나 했고 대상은 어처구니없어하며 두 손으로 얼굴을 쓸어내렸다.

"그 말도 안 되는 시술 때문에 내가 왜 이런 말까지 들어야 하는지 모르겠다."

"이쪽 눈만, 내 오른쪽 눈만 자길 사랑했나 보지. 딱 절반만."

"더 이상은 무리야. 시술받은 거, 나한테 그렇게… 말한 거 후회하지 않길 바랄게. 후회하는 순간, 지옥일 테니까. 이 미친 유행이 지나고 네가 봉합을 풀게 되더라도 내가 그 꼴 보는 일은 없을 거야. 잠깐 나가 있을 테니까 집에 가."

이심은 자꾸만 초점을 잃는 왼쪽 눈으로 대상을 바라보았다. 눈을 깜빡일 때마다 상처받은 얼굴과 뒷모습, 여닫히는 현관문이 사진 찍히듯 뚝 뚝 끊겨 보였다.

우와 ─. 막내는 각각 오른쪽과 왼쪽 눈을 봉합한 이심과 박 주임을 보고 감탄했다.

"저도 앞트임 고민 중인데. 외눈 시술이 나을까요?"

"티도 안 나는 앞트임은 왜 하니? 너도 봉합해."

병원 정보 좀. 막내가 귀엽게 조르자, 박 주임이 흡족해하며 링크를 전달했다. 전송 버튼을 누르자 이심과의 대화방에서 막내와의 대화방으로 링크가 빠르게 전달됐다.

"남자 친구도 예쁘대지?"

박 주임의 생색 내는 물음에 이심은 담담히 대답했다.

"시술한 날 헤어졌어요. 자기는 안 한 게 나았다네요."

한 게 훨씬 낫구먼. 박 주임이 꿍얼거렸다.

"보는 눈이 없네."

"눈들을 왜 그러고 있어?"

탕비실에 들어온 청소 아줌마가 박 주임과 이심의 감긴 눈을 보고 어색하게 윙크했다.

이 언니들 성형했거든요. 막내가 까르르 웃었

다. 성형? 청소 아줌마가 커피머신에 캡슐을 넣다 말고 세 사람 쪽으로 돌아섰다. 월리를 찾아라 격으로 박 주임과 이심의 얼굴을 집중해서 보던 청소 아줌마가 기함했다.

"멀쩡한 눈들을 꿰맨 거야?"

멀쩡하지 않아서 꿰맨 기죠. 박 주임이 받아쳤다.

"멀쩡하지 않기는. 앞이 안 보이길 했어 뭘 했어?"

트렌드가 그래요, 사모님은 엠지 세대라서 이해 못 하세요. 막내가 악의 없이 헤실댔다.

청소 아줌마는 양쪽 눈 온전한 게 얼마나 큰 복인데 그걸 젊었을 적부터 걷어차느냐며 훈계했다. 요즘 사람들은 겁도 없지. 머그잔을 기울인 청소 아줌마의 팔에 지우다 만 타투가 보였다.

어유, 꼰대. 청소 아줌마가 나가자마자 박 주임이 지겨운 내색을 했다. 박 주임은 청소 아줌마의 화려한 타투를 언급하며, 저들도 젊어서 하지 말란 짓은 다 했을 거면서 주책이라며 비아냥댔다. 이심은 청소 아줌마의 희고 통통한 팔뚝 위의 타투를 떠올렸다. 매화와 이국 여자의 얼굴, 의미 모를 라틴어 문장이 희미했다. 개중에는 K였나 H였나. L이었나 I였나, 정체 모를 이니셜도 있었는데 이심은 옛 연인의 이름일 것으로 짐작했다.

타투가 선명하던 시절, 타투만큼 화려한 삶을 살았을 청소 아줌마와 K.L. 혹은 H.I.을 상상했다. 다른 그림들은 햇빛에 색이 바랜 듯 전체적으로 흐린 데 반해 이니셜은 세로의 절반 정도만 지워지다 말았다. 문신을 지운 것은 헤어져서일 텐데, 애초에 반영구적인 타인의 흔적을 몸에 새기는 연유가 궁금했다. 커플 타투 따위, 요즘은 하지 않으니까. 이전 세대 대비 유행마다의 주기가 점차 짧아지고 있듯이 평균 연애 기간도 짧아지는 까닭이다. 이심은 못다 지운 문신에서 야릇한 세대 차이를 느꼈다.

사내 메신저에 새 알림 표시가 떴다. 박 주임으로부터 온 메시지였다.

"지난달 정산 내역에 0 하나씩 누락. 수정했음."

이심은 민망한 기색을 숨기고 엄지손가락 이모지를 전송했다. 회복 기간을 고려하더라도 요 며칠 실수가 잦았다. 바로 어제는 계산서를 잘못 발행한 일로 팀장에게 혼이 났는데, 회삿돈 관리하는 사람'들'이 그런 시술을 하느냐고 죄 없는 박 주임까지 핀잔을 듣게 했다. 이전 달과 이번 달, 상반기와 하반기 등 이심은 같은 양식의 문서를 둘 이상 펼쳐 볼 일이 많아 듀얼모니터를 사용했는데, 양쪽의 내용이 한눈에 들어오지 않게 되면서 작업 속도가 크게 늘었다.

혹사당한 이심의 왼쪽 눈은 금세 건조하고 침침해졌고, 일회용 인공눈물을 하루에 대여섯 개씩 사용해야 겨우 버텼다. 눈에 쌓인 피로 때문인지 퇴근하고 집에 가면 이심은 곧장 잠에 들었고, 전보다 잠을 깊이 잤음에도 눈에 쌓인 피로는 풀릴 줄을 몰랐다.

"그리고, 가려워."

외눈 시술 후유증에 대해 박 주임에게 토로하던 이심이 덧붙였다. 오른쪽 눈은 겉보기엔 잘 아물고 있었지만, 실로 꿰맨 부분의 가려움이 나날이 심해졌다. 봉합실이 풀리거나 세균에 감염될까 봐 눈에 손대는 것은 최대한 자제했는데, 잠결에 무의식적으로 긁는 것은 어쩔 수 없었다. 박 주임은 회복 기간의 차이일 뿐이라며 이심을 안심시켰다.

이심은 회사 앞 안경원에 들렀다. 이전의 산뜻

한 안경사가 이심을 알은체했다. 외눈 시술하셨네요? 이심이 수줍어하며 고개를 주억거렸다.

"그때 보류한 안경 맞추러 오신 거죠?"

안경사가 맡아두었던 안경집을 꺼내오며 말했다. 이전 방문에서 이심은, 다시 올 테니 안경 렌즈를 보관해 달라고 부탁했었다. 이심은 핑크골드 색상의 철 테 모노클이 아직 남아있는지 물었고, 안경사는 다시 한번 쇼케이스 앞으로 이심을 안내했다.

이걸로 할래요, 이게 좋아요. 이심이 어린아이처럼 들떠서 말했다.

"사용하시던 렌즈랑 크기가 달라서 이 테로 하시려면 렌즈를 새로 하셔야 해요. 한쪽 렌즈만 하시는 거라 가격 부담은 원래만큼 크지 않으실 거예요. 혹시 외눈 시술 이후에 시력 검사하신 적 있나요?"

아니요. 이심이 소심하게 답했다. 그것이 모노클을 갖지 못할 이유가 될까 봐 잔뜩 긴장한 모습이었다. 안경사는 시술 이후 시력이 한두 단계 떨어지는 경우가 있으므로 가능한 한 시술 이후의 시력으로 렌즈를 해야 일상생활에 불편함이 없다고 설명했다. 이심은 시력 검사도 새로 하겠다고 했다.

안경사는 이심을 암막 커튼 뒤의 공간으로 안내했다. 좁은 공간에 알파벳과 그림이 빽빽한 검사표가 설치되어 있었다. 이심이 책상 위의 차안기를 들려고 하자 안경사가 그건 필요 없지 않겠냐며 장난스럽게 웃었다.

준비되시면 시작할게요. 안경사가 지시봉을 꺼내며 말했다. 준비됐어요. 이심이 어색하게 말하자 은색 지시봉이 맨 위의 알파벳부터 짚기 시작했다. 지시봉이 가리키는 대로 알파벳을 읽던 이심은 묘한 기시감을 받았다. K, L, H, I…. 지시봉은 사물 그림이 있는 중앙으로 내려갔다. 시력 검사표에 매화꽃이, 이국 여자의 얼굴이 있었나? 어느새 지시봉은 검사표의 가장 아래로 내려갔다. 맨 아랫줄의 것은 형체도 알아볼 수 없을 만큼 작았다.

"안 보여요. 그런데 이 검사표 조금 이상…."

"눈을 떠, 그래야 보이지."

이심의 시선이 지시봉의 끝부터 손목, 흰색 가운을 걸친 팔과 얼굴 순으로 움직였다. 눈을 깜빡일 때마다 대상의 모습이 뚝뚝 끊겨 보이던 그날처럼. 이심 앞에 있는 것은 아까의 산뜻한 안경사가 아니라 대상이었다. 대상은 씁쓸한 미소를 머금은 채 이심을 바라보았다.

눈을 떠. 대상의 말에 이심은 잠에서 깼다. 가장 늦은 시각으로 맞춰놓은 알람이 머리맡에서 시끄럽게 울리고 있었다. 지각 확정이었다. 정신없이 나갈 채비를 하는 중에, 이심은 자기 전에 떠올린 외눈 시술 동의서의 내용을 복기했다.

실 풀림, 살 처짐, 안구 건조, 시력 저하, 실명…. 세 줄 이상 나열된 부작용 중 가려움이나 과다 수면에 관한 내용은 없었다.

3

"절개 말고 봉합이 좋은데…."

중학교 교복을 입은 여자아이가 투덜댔다.

미성년자 때는 외눈 시술이 안 된다잖아. 아이의 엄마가 점잖게 타일렀다. 꼬리빗을 이용해 쌍꺼풀 라인을 잡아보던 아이는 맞은편에 앉은 이심과 눈이 마주쳤다. 아이가 눈을 깜빡이자, 꼬리빗으로 만든 쌍꺼풀 라인이 미끄러져 사라졌다. 수술 전의 이심처럼 한쪽 눈에만 쌍꺼풀이 있는 짝눈이었다. 아이는 양쪽 눈을 번갈아 보는 이심의 시선에 얼굴을 붉히며 고개를 휙 숙여버렸다. 자신이 범한 무례에 어쩔 줄 몰라 하던 이심은 때마침 카운터 위로 고개를 내민 간호사의 부름 덕에 자리를 피할 수 있었다.

경과 보러 오셨다고요. 의사가 이심 쪽으로 돌아앉으며 말했다.

"봉합 부위가 조금 부었네요? 만졌어요?"

"가려움이 심해서 잠결에 긁었나 봐요."

잘 때도 참으셔야 하는데. 의사가 허허 웃었다.

"부작용은 시술 동의서에 적혀있던 게 다인가요?"

부작용이요? 펜라이트로 이심의 오른쪽 눈을 비춰보던 의사가 되물었다. 이심은 시술 후 일주일의 시간 동안 자신이 겪은 가려움증과 수면 장애에 관해 설명했다. 의사가 펜라이트 불빛을 끄고는 차갑게 말했다.

"어떤 시술이든 회복 기간과 부작용은 사람마다 천차만별이죠. 저희는 평균값을 안내해 드릴 뿐이고요. 네, 동의서에 적혀있던 부작용이 다는 아닐 겁니다."

의사는 이심이 들어오기 전처럼 컴퓨터 앞으로 돌아앉았다. 이심과의 거리를 유지한 채 의사는 장황한 설명을 덧붙였다. 외눈 시술 자체가 국내 도입된 지 충분한 시간이 지나지 않았으므로 보고되지 않은 부작용이 있을 수 있으며, 애초에 국내외에서 누적된 부작용을 동의서에 모두 기재해야 한다면 동의서는 열 장이 넘어갈 거라고.

그럼 보기 좋지 않겠죠. 이심에게 동의도 구했다. 이심은 의사의 반응이 지나치게 방어적이라고 느꼈다. 간밤에 꾼 꿈 때문에 기분이 종일 어수선하던 이심이 지친 얼굴로 물었다.

"그럼, 저는 어떡하면 좋을까요?"

"시간을 가지고 지켜보시거나, 봉합을 푸는 수밖에요."

'부작용 때문에 봉합을 풀더라도 꿰맨 곳이 너덜너덜해서 눈을 뜨고 가는 일도 힘겨워 보였다고….'

"개안(開眼) 시술하시려면 카운터 가셔서 예약

잡으시고요."

가려움 연고만 좀 처방해 주세요. 이심은 무력하게 진료실을 나섰다.

이심이 진료비를 결제하는 중에 출구에서 쾅당, 큰 소리가 났다. 발을 헛디뎌 넘어진 것인지 한 여자가 자동문 앞에서 몸을 웅크리고 있었다. 여자의 선글라스가 레일에 걸려 자동문이 여닫히기를 반복했다. 중학생 아이와 엄마가 여자 쪽을 기웃댔다.

"저런, 안 다치셨어요?"

여자가 흘긋 올려다보자 두 모녀가 공포에 질린 표정을 지었다.

괜찮습니다. 여자는 허둥지둥 선글라스를 주워 쓰고 병원을 나섰다. 손거울을 들여다보는 중학생 아이의 얼굴에 안도감이 번졌다. 봉합이 아니라 절개 시술을 예약해서 다행이라는. 아이의 짝눈이 이심의 오른쪽 눈을 바라보았다. 흔들림 없이 곧은 눈빛에, 이심은 불길한 기분을 느꼈다.

이심은 여자를 쫓아 병원을 나섰다. 여자는 비상구를 향해 걷고 있었다. 셔터가 고장 난 고물 카메라처럼 이심의 왼쪽 눈은 여자의 상을 자꾸만 놓쳤는데, 이심은 그 여자가 박 주임인 것만 같았다. 박 주임이 병원엘 왜…. 시술 경과를 보러 온 것이라기엔 두 모녀의 반응과 까만 선글라스의 존재가 부자연스러웠다. 말 못 할 부작용이라도 있었나 보지. 떠오르는 생각을 환기하려 애쓰며, 이심은 여자의 등에 대고 말했다.

"주임님."

비상구 손잡이를 쥔 여자가 이심을 돌아보았다. 얼굴 반만 한 선글라스가 정체를 숨기기 위한 무도회 가면 같았다.

"개안 시술 하신 거예요?"

떨리는 목소리가 비상구 벽을 타고 울렸다. 바람난 애인을 취조 중인 것처럼 가슴 속에서 배신감이 일었다. 박 주임이 외눈 시술을 한 지 고작 2주째 되는 날이었다.

아핫, 박 주임이 호쾌하게 웃었다.

"넘어진 거 봤구나. 창피하네. 2주 만에 빛을 보니까 영 적응이 안 되더라고."

"왜요?"

"왜라니?"

"저랑은 달리 부작용도 없다고 하셨는데, 왜 봉합을 푸신 건지⋯."

당신이 권유한 시술인데 저만 홀랑 외눈 신세를 벗어나다니. 이심이 뒷말을 삼켰다.

"부작용 같은 거 없었지. 근데 거울 볼 때 말이야, 눈 하나- 코 하나- 입 하나 훑는 게 너무 쉬워졌어. 걸리는 게 없달까? 그게 좀 질려."

쉬워서 질렸다니. 애초에 쉬워지려고 한 시술일 텐데. 이심은 허망한 얼굴로 반 층짜리 계단을 올려다보았다. 다음 층계가 가로막고 있어, 도무지 끝을 알 수 없는 계단을.

"그나저나 자기는 무슨 일로 병원엘 왔어?"

"부작용 때문에 상담받으려요."

"맞아, 부작용이 심하댔지. 병원에선 뭐래?"

"시간을 가지고 지켜보라고요."

박 주임은 특유의 안타까워하는 표정을 지었다. 선글라스로 눈을 가렸지만, 입매만 봐도 알 수 있었다. 외눈 시술에 대한 부작용을 얘기할 때 한결같이 저 미소를 짓고는 했으니까.

"힘들면 자기도 확 풀어버려. 당장은 흉해도

풀 거면 빨리 푸는 게 나아. 자기는 이제 일주일째니까 딱 며칠이면 괜찮아질걸?"

"뭐든 그렇게 금방, 괜찮으신가요."

이심이 짜증 섞인 어투로 물었다. 박 주임은 여전히 미소 짓고 있었다.

"혼자 못 갈 거 같아서 택시를 부른 참이라. 나 먼저 내려가 볼게."

회사에서 봐. 반 층 아래로 내려간 박 주임이 잊은 말이 있다는 듯 이심을 올려다보았다.

"잘 생각해 봐. 자기 선택이잖아."

서둘러 계단을 내려가는 발소리가 들렸다. 생각해 보라니, 무엇을…. 하루빨리 개안 시술을 받는 일? 아니면 외눈 시술을 받고 대상과 헤어진 것이 다른 누구도 아닌 이심의 선택이었다는 것을? 무엇이 되었든 이심이 선택했고, 선택할 문제인 것은 매한가지였다.

이심은 비상구에 오래도록 서서 박 주임의 의미심장한 말을 곱씹었다.

이심은 새로 처방받은 연고를 봉합 부위에 두껍게 얹었다. 집에 돌아오는 길에 산 수면 영양제도

한입 가득 털어 넣었다. 이른 저녁부터 온 집안의 불을 끄고 전혀 졸리지 않았음에도 눈을 감고 누웠다. 닫힌 눈꺼풀 안을, 어지러운 생각들이 날아다녔다.

가려움증은 얼마나 더 갈까. 나날이 깊어지는 잠은 어떡해야 할까. 시간이 가도 나아지지 않는다면, 개안 시술을 고려해야 할까. 시술까지의 유예 기간은 얼마나 둘 수 있을까. 하루도 미룰 거 없이 빨리하는 게 나을까. 빨리 하더라도 한동안은 흉한 몰골일 텐데, 그 시간을 견딜 수 있을까. 몸은 이미 잠에 빠졌음에도 머리는 한동안 깨어있어서 자신의 의식에 가위눌리는 기분이었다.

그날따라 잠에 드는 일이 무거운 암막 커튼을 비집고 들어가는 일처럼 버거웠다. 겨우 도달한 꿈속에서, 이심은 또다시 대상을 보았다.

두 사람은 웨스 앤더스 특별전, 문라이즈 킹덤 부스에 마주 보고 선 채였다. 등 뒤로 오후의 햇살과 산들바람이 느껴졌다. 꿈속의 노란 들판은 현실에서 본 것처럼 스크린이 아니었다. 등 뒤로 큰 창이 나, 손을 뻗으면 노란 들판의 공간으로 넘어갈 수 있었다.

아름다워, 이심은 꿈속 풍경에 젖어 들었다.

"수지처럼 해 보세요. 정자세로, 쌍안경으로 눈을 가려 봐요."

대상은 이심과 사귄 적도, 헤어진 적도 없다는 듯 태연하게 포즈를 요구했다. 지나치게 생생한 들판과 달리 대상은 녹화 장면을 재생해 둔 것처럼 부자연스러워 보였다. 이심은 물리법칙을 무시하고 허공에 떠 있는 쌍안경을 집어 들었다. 외눈 시술을 해서인지 쌍안경의 한쪽 구멍으로만 대상을 볼 수 있었다. 눈이 불편해 쌍안경을 벗었다 다시 썼는데, 대상은 무소음 카메라와 하나인 것처럼 아무 반응도 하지 않았다. 핸드폰 위로 드러난 대상의 이마가 애틋했다.

이심은 눈앞의 전경이 기이하게 느껴졌다. 의식적으로 눈을 깜빡이던 이심은 비로소 무엇이 잘못되었는지를 깨달았다. 봉합한 오른쪽 눈이 열리고, 왼쪽 눈이 닫혀 있었다.

사진을 다 찍은 대상이 핸드폰을 내렸다. 얼굴이 드러난 대상은 이전 꿈처럼 씁쓸한 표정으로 이심을 바라보고 있었다. 이심이 괴로워하며 고개를 돌렸지만, '나'는 여전히 대상을 보고 있었다. 나는 이심에게 애걸했다.

달려가서 대상을 끌어안아. 저 어여쁜 이마를 어루만지고 세척액 냄새를 풍기는 흰 손목에 입을 맞춰.

"말도 안 돼…."

눈을 떠. 아직 대상을 사랑한단 말이야!

이심은 심장이 내려앉는 느낌에 잠에서 깼다. 눈을 뜨기 직전까지 오른쪽 얼굴을 벅벅 긁고 있던 오른손이, 천연덕스럽게 허리 아래로 떨어졌다. 이심은 새된 비명을 질렀다. 새벽 3시, 시간을 확인하기 위해 핸드폰을 켜자 화면 밝기에 눈이 시렸다. 이심은 오른쪽 얼굴에 끔찍한 통증을 느끼며 침대방 화장실로 향했다.

이심은 화장실 불을 켠 채 눈이 빛에 적응될 때까지 가만히 서 있었다. 세면대 앞으로 걸어가 거울 가까이 얼굴을 드밀었다. 오른쪽 얼굴 가득 기다란 손톱자국이 도드라졌다.

나는 어린아이처럼 엉엉 울기 시작했다. 대상이 보고 싶어. 잠이 덜 깬 왼쪽 눈은 잔뜩 날이 선 표정으로 나를 쳐다보고 있었다.

거의 다 됐는데, 실을 뜯어내고 이심에게 진실을 보여줄 수 있었는데. 대상을 향한 이심의 마음이 내게 남아있다는 걸…. 이심은 꿈에서처럼 말도 안 된다는 말을 거듭했다. 상반된 양쪽 얼굴이 방금 꾼 꿈보다 비현실적으로 느껴져서였다.

겁에 질린 얼굴로 화장실을 빠져나온 이심은 침대를 지나쳐 거실로 나왔다. 자지 않을 거야, 절대 잠들지 않을 거야. 이심은 거실 중앙을 빙빙 돌다가 소파 위에 쪼그리고 앉았다.

이심은 충혈된 눈으로 텔레비전을 켰다. 새벽 시간이라 대부분의 채널은 화면 조정 상태였다. 이심은 깨어있기 위해 OTT에 접속했는데, 대상과 함께 쓰던 공용 계정의 로그인이 유지돼 있었다. 최근 본 영화 목록에 〈문라이즈 킹덤〉이 있었다. 최근이라면 이심과 헤어지기 전일까 후일까. 이심은 〈문라이즈 킹덤〉의 재생 버튼을 눌렀다.

열두 살 샘과 수지가 들판에서 만난 이래로 실험 같은 키스와 장난 같은 결혼식이 있었다. 약 90분의 러닝 타임 동안 말로 다할 수 없는 괴이한 사건들이 펼쳐졌고, 종국에는 한 지붕 아래 소년과 소녀가 함께였다.

영화를 다 본 뒤, 이심은 유치해, 하고 허무하게 웃다가 눈물을 터트렸다.

엔딩 크레딧이 오르며 검게 변한 텔레비전 옆에는 전시회에서 대상이 선물한 〈문라이즈 킹덤〉의 포스터가 여전히 붙어 있었다. 쌍안경을 쓴 수지가 외짝에 외눈박이가 된 이심을 들여다보았다.

얼리지 않아

악마들은 마법 거울을 만들었다. 아름다운 것은 형편없이, 쓸모없는 것은 끔찍하게 비추는 마법 거울을. 어느 날 악마들의 손에 산산이 깨진 마법 거울은 사람들의 눈에 박혀 심장을 차갑게 얼려버렸다.

— 『눈의 여왕』, 한스 안데르센

눈 내리던 등굣길, 나는 가만히 서서 장갑 위로 떨어지는 눈을 들여다보고 있었다. 맨손 위에선 속절없이 녹아버리던 눈송이가 만화에서나 나올 법한 아름다운 결정의 모습으로 장갑에 내려앉았다. 셋 이상이 쌓이면 민들레 홀씨처럼 보송해 보이던 눈송이가 지금 내 눈앞에 가득했다. 눈을 아무리 깜빡여도 시야에 피어난 결정들은 사라지지 않았다. 눈앞이, 온통 희뿌옇다.

"서린아."

내 이름을 부른 누군가가 티슈를 건넸다. 겹겹이 쌓인 눈송이 때문에 상대의 손과 얼굴이 실제보다 하얗게 보였다. 나는 눈앞의 여자를 안다. 그녀는… 눈의 여왕이다.

"다희?"

다희의 이름을 부르는 순간, 눈물이 왈칵 쏟아졌다. 눈물은 차가웠고 미세한 플라스틱 조각이 섞인 듯 뺨에 닿는 감촉이 따끔했다. 눈물을 그치고서야 그 자리에 우리 둘뿐만이 아니었다는 걸 기억해 냈다. 대표는 난처한 표정으로 다희와 함께 온 노인의 눈치를 살폈다. 70은 넘은 듯한 노인이 말했다.

"상담원 아가씨랑 아는 사이인 모양이지?"

"아, 대학 동기예요. 저도 막 알아본 참이라."

나는 노인과 다희가 대화하는 틈을 타 지난 상황을 복기했다.

다희네 회사에서 우리 회사 중고 자판기를 대여했는데, 설치 기사의 실수로 같은 날 설치한 무인 매장 기기와 열쇠가 뒤바뀌어 전달됐다. 무인 매장 쪽에서 하루 뒤에 전화를 준 덕에 곧장 다희네 시설

팀에 상황을 설명했으나, 전화를 끊은 지 몇 분이
채 지나지 않아 노인에게서 전화가 왔다. 그의 두서
없는 항의를 요약하자면 '대표인 내가 버젓이 있는
데 시설팀에 얘기하고 입을 싹 닫겠다는 거냐, 설치
단계부터 이슈가 있는 기기를 어떻게 믿고 쓰라는
거냐, 찾아갈 테니 제대로 사과하라'였다.

찾아온다는 말이 허세가 아니었는지, 다음 날
수행비서를 대동한 노인이 사무실 문을 박차고 들
어왔다. 노인과 함께 온 수행비서가 바로 다희였다.

대표와 나, 다희와 노인이 대표실 소파에 마주
앉은 뒤로 무슨 말이 오갔는지는 기억나지 않는다.
무슨 모진 말을 들었는지, 정신을 차렸을 땐 눈물을
펑펑 쏟고 있었다. 그렇게 울어본 건 일을 시작하고
손에 꼽을 정도였다.

다희와 이야기를 마친 노인이 자리에서 일어
났다.

"앞으로는 서로 얼굴 붉힐 일 없게 해 줘요."

대표실을 나가는 노인에게 나는 연신 허리 숙
여 인사했다.

감사합니다, 그리고 죄송합니다. 노인을 따라

얼리지 않아

나가던 다희가 나를 슬쩍 돌아보고는 오묘한 미소를 지었다.

　사무실을 나서는 길에 못 보던 스팅어 한 대가 주차장에 서 있는 것을 보았다. 다희가 운전석 차창을 내리곤 나를 불러 세웠다.

　"왜 아직 어깄어?"

　"다시 온 거야. 대표가 너 저녁 사주라고 조기 퇴근 시켰어."

　"왜?"

　"네가 좀 서럽게 울었니? 노인네, 차에 타자마자 어쩔 줄을 모르더라. 마침 내가 너랑 아는 사이라니까 달래주고 오라는 거지. 아무튼, 저녁 먹자. 미리 연락하려 했는데 번호가 없네."

　다희가 잘 아는 집이라며 데려간 곳은 외관을 목조로 꾸민 이자카야였다. 차도 있으면서 웬 술집? 내가 묻자 다희는 대리 기사를 부르면 그만이라고 태평하게 대꾸했다. 우리는 모둠회와 나가사끼 짬뽕탕, 사케를 시켰고 다희의 추천으로 사케를 따뜻하게 데워 마셨다. 날이 추워서였는지 술 냄새가 날아가서인지 우리는 제법 빠른 속도로 잔을 비왔다.

"수행비서로 일한다고 했나?"

"대표 좋을 대로 꾸며 말한 거야. 수행비서, 수행기사…. 데리고 다닐 때 있어 보이는 걸로. 오늘도 운전할 사람이 필요하대서 따라 나온 거지, 나하는 일은 연구원이야."

"연구원?"

"나 일하는 회사 화장품 제조업체거든."

인문대를 졸업한 다희가 화장품 연구원으로 일한다는 사실에 크게 놀랐다. 연구원이라는 건, 이과 직업 아닌가? 하는 편협한 이분법 때문이었다.

"졸업하고 좀 쉬면서 이것저것 배웠거든. 그나마 이쪽이 적성에 맞아서 하고 있어."

"으응."

"너는 어때?"

"응?"

"하는 일이 잘 맞는 거 같아?"

"나는… 우욱."

입을 여는 순간 토기가 밀려왔다. 따끈한 사케가 명치께에서 역류하고 있었다. 다급히 입을 틀어

막고 화장실로 달렸지만, 한발 늦고 말았다. 회색 니트에 묻은 토사물을 휴지로 훔치고 화장실을 겨우 빠져나오자 비슷한 처지의 다희가 화장실 안으로 뛰어들다시피 했다. 등 뒤에서 괴로운 웩 소리가 연신 들려왔다.

우리는 이자카야 바로 옆 모텔로 들어갔다. 물을 받은 세면대에 바디워시를 풀고 웃옷을 담그고 나니, 브라만 겨우 걸친 반나체들이 되었다. 술에 취한 우리는 서로의 꼴을 보며 깔깔대기에 바빴는데, 그 덕에 잔류하던 어색한 공기가 모두 흩어진 것 같았다. 나와 다희는 서로 얼굴을 아는 같은 과 동기일 뿐, 대학 시절 함께한 추억이랄 건 없는 사이였으므로 술집에서 마땅한 화제를 떠올리지 못해 죽을 맛이었다.

카펫 위로 아빠 다리를 하고 앉아 말했다.

"우리 둘 다 CC였지."

"어어, 정말."

거의 5년 만에 뱉어보는 CC라는 말에 다시 웃음이 터졌다. 나는 졸업할 때까지 대학에서 3명과 사귀었지만, 다희는 신입생 때 사귄 남자 동기가 유일한 상대였다. 다희가 남자 동기와 헤어졌을 무렵 같은 과 동기, 선배들이 다희에게 관심을 가졌던 것으로 기억한다. 당시 나와 사귀던 복학생 오빠도 복도를 지나는 다희 등에 대고 쟤잖아, 눈의 여왕. 하며 제 친구의 옆구리를 쿡 찔렀다. 확실히 피부가 흰 편이었고, 누구에게도 시선을 두지 않은 채 무표정하게 돌아다니곤 했으므로 제법 어울리는 별명이다 싶었다.

그래도 여왕이라고 할 정도는 아니지 않나? 당시엔 이성의 관심을 한 몸에 받는 다희가 부러우면서도 다들 아까워하는 시절에 혼자를 고집하는 다희가 유난스럽게 느껴졌다.

"넌 인기가 그렇게 많았으면서 왜 1학기 이후로 아무도 안 만났어?"

"내가 뭘 인기가 많아."

"모른 척하는 거지? 너만 지나가면 다들 '눈의 여왕'이라고 난리였는데."

순간 다희의 표정이 무겁게 가라앉았다. 잔뜩 들뜬 채로 바람을 잡다가, 뒤늦게 다희의 눈치를 살폈다.

"모를 수 없을 정도로 대단했다는 거지."

"아니야."

"응?"

"그래서 눈의 여왕이라고 불린 거 아니라고."

먼저 씻을게. 비틀대며 일어난 다희가 화장실 겸 욕실로 들어갔다.

실수했다. 나는 침대 위로 쓰러지듯 누웠다. 욕실 안에서 쏴아아 물소리가 들려왔고 천장의 조명은 탁한 빛을 밝혔다. 눈을 떠도 감아도 세상이 미친 듯이 돌아서, 나는 제자리에 누운 채로 멀미했다. 서둘러 몸을 일으키고 입을 틀어막았지만, 가게에서의 악몽이 다시 시작되고 있었다.

밖에서 발만 동동 구르다 결국 참지 못하고 욕실 안으로 뛰어 들어갔다. 변기를 붙잡고 다 뱉지 못한 것들을 웩웩 쏟아내는 사이 샤워기 소리가 뚝 멈췄다.

"미안, 내가 너무 급해서."

욕실의 더운 습기 속에서도 다희의 얼굴은 시퍼렇게 얼어 있었는데, 나도 모르게 비누 거품이 묻은 다희의 몸을 훑어보고 말았다. 시선이 다희의 배

꼽 부근에 멈췄다.

"어, 너 거기···."

찰박, 다급한 발소리와 함께 다희가 욕실 밖으로 뛰쳐나갔다. 다희 몸에 묻어있던 흰 비누 거품이 눈처럼 흩날렸다. 객실 문이 여닫히는 쿵 소리를 들으며, 변기를 껴안은 채 의식을 잃었다. 다희의 몸에서 내가 본 것은 희고 수북한 음모였다.

"좀 충혈돼 있긴 하지만, 이물질은 없네요. 업무 보시는 동안 인공눈물 꾸준히 넣어주세요."

"이물질이 원인이 아니라면 하얀 것을 봤기 때문일까요. 그럴 수도, 있을까요."

바로 정신을 잃긴 했지만, 다희의 흰 털을 본 순간 두 눈에 미세한 유릿가루가 들어간 듯 따갑고 차갑고, 뜨거운 통증을 느꼈다. 느닷없이 눈물을 터뜨렸던 오후에도 대표실의 흰 벽을 보고서 두 눈이 터질 듯 시렸던 것 같다.

"근래에 스키장이나 눈 많이 내린 해외 다녀오신 적 있으세요? 눈밭에 반사된 자외선 때문에, 안구에 화상을 입는 경우가 있기는 합니다."

의사가 스키장이나 해외를 말한 것은 한국엔

아직 눈이 오지 않았기 때문이다. 햇빛을 받아 반짝이는 눈밭은 이 땅엔 아직 존재하지 않았다.

"아니요. 그런데 꼭 눈밭이어야 하나요?"

"그럼 보셨다는 하얀 게….."

의사가 의아하다는 듯이 물었다. 아니요. 아닙니다. 나는 진료실을 나왔다.

건물 복도에 세워진 전신 거울이 창밖에서 쏟아지는 햇빛을 반사했다. 눈이 부셔서 두 눈을 질끈 감자 느닷없이 사무실에 걸린 거울이 떠올랐다. 내 자리 맞은편, 나와 내 뒤의 흰 벽을 비추는 벽걸이 거울. 개업 기념으로 주문했을 그것에는 '홍천유통'이라는 업체명이 각인되어 있었고, 홍천은 대표의 고향 — 사무실의 위치는 천안이지만 — 이었다.

사무실 벽은 희고 천장에선 형광등 빛이 내리쬐니까, 거울이 눈밭의 역할이라도 한 것일까? …내가 생각해도 비과학적이고 터무니없는 접근이었다.

홍천 유통은 음료뿐 아니라 스낵류, 아이스크림, 피임 용품과 생리대 등 다양한 품목의 자동판매기를 대여하는 곳이었으므로 고객센터에 들어오는 문의란 그야말로 천차만별이었다. 물론 고객사가 요청한 건에 대해 내가 물리적으로 해결할 것은 단한 가지도 없었다. 게시판에 답변하는 자판질 정도일까. 대개는 전화를 통하므로 '없다'에 가까웠다는 말이다.

기계가 돈을 먹었군요. 누르지 않은 엉뚱한 음료가 나오는군요. 냉각 장치가 고장 나서 미지근한 음료가 나오는군요.

"기기 이용에 불편을 드려 죄송합니다. 저희 쪽 출장 기사가 곧 출발할 예정이오니 부디 너른 양해 부탁드립니다."

전화를 마치면 제 자리에서 모바일 게임 중인 출장 기사에게 업체명과 문제 사항을 전달하는 것으로 내 역할은 끝난다. 보통은, 그렇다.

무인 매장 강도 사건으로 지역 뉴스에 나왔다는 점주는 기기의 보안성이 낮았던 탓이라며 보상을 요구했다. 비슷한 사례를 여럿 겪은 터라 점주가 원하는 게 돈 몇 푼이 아니라는 것쯤은 알았다. 그는 토로하고 싶었다. 상도덕 없이 바로 옆 라인에 들어온 무인 아이스크림 매장에 대해, 무인 매장을 운영하는 자영업자의 삶에 대해. 모두가 들뜬 연말에 불미스러운 소식으로 지역 뉴스에 소개된 일에 대해. 누구도 귀 기울여 주지 않는 제 속에 득실대는 것들을 이름도 얼굴도 모르는 사람에게 배설할 뿐, 보상 이야기는 무기에 불과했다.

"네에, 요즘 세상이 차암."

마음에도 없는 아쉬운 소리를 늘어놓아야 할 때면 습관적으로 맞은편의 벽걸이 거울을 쳐다보곤 했다. 나불대는 입이 모니터에 가려져, 눈만 보이는 내 얼굴은 내가 아닌 타인 같다는 느낌마저 들었다. 가끔은 진짜 내가 거울 속에 있고, 전화를 받는 나는 오전 9시에서 저녁 6시까지만 존재하는 분신 같다는 생각이 든다. 그 덕에 이 일을 하는 데 큰 잡음은 없는 편이었다.

일과 감정의 철저한 분리는 첫 직장의 팀장급 사수로부터 배운 것이었다. A 통신사 콜센터에서 계약직으로 일한 첫 달, 팀장은 신출내기들을 모아 놓고 냉담히 말했다.

"근무 시간 동안은 자기들은 자동 음성이라고 생각해. 고객한테 한 소리 들었다고 표들 내지 말라는 얘기야."

나는 창고 건물과 펜스 사이 공간으로 들어갔다. 한 사람이 여유롭게 드나들 정도의 너비였다. 다희가 핸드백에서 담배를 꺼내며 물었다.

　　"거긴 왜 들어가?"

　　"사람들이 볼까 봐."

　　"담배 피우는 거 사무실 사람들은 몰라?"

　　"모를걸."

　　근처로 외근을 왔다는 다희는 복귀하기 전에 같이 담배를 피우자며 문자를 보내왔다. 모텔에서 부리나케 달아난 일과 흰 음모에 대해서는 한 마디 설명도 없었다. 다희에게 흡연자라고 밝힌 적이 없었기 때문에 내가 담배 피우는 걸 어떻게 알았냐고 물으니, 이자카야에서 지퍼 열린 가방을 들여다봤다는 황당한 대답이 돌아왔다.

　　"눈이다."

　　구석에 쌓인 눈을 발견한 다희가 창고와 펜스 사이로 들어와 넉넉하던 공간이 순식간에 좁아졌다. 그러고 보니 새벽 동안 눈이 내렸다는 예보를 본 것 같다. 올해의 첫눈이다. 콘크리트 난간 위에 얇게 깔린 눈을 아이처럼 살피며, 다희는 가까이 오라고 손짓했다. 내가 오지 않자 다희가 쪼그려 앉은 채로 고개를 돌렸다.

눈에 이상이 생겨 안과에 다녀온 것을 다희에게 이야기했다. 눈밭에 반사된 자외선에 사람의 눈이 화상을 입을 수 있으며, 내 경우는 흰 벽을 비추는 사무실 거울에 형광등 빛이 반사되어 눈에 손상을 입은 것일지 모른다는… 우스운 견해도 밝혔다. 당연히 코웃음칠 거로 생각했던 다희는 사뭇 심각한 표정으로 내 이야기를 들어주었다.

"색안경 같은 걸로 가릴까도 싶어."

다시 고개를 돌린 다희는 내 말에 대꾸하지 않았다. 뒤돌아 앉아 무얼 하나 기웃대는데 갑자기 일어선 다희가 주먹만 한 눈사람을 내 코앞으로 들이밀었다. 잘 빚어 반질거리는 하얀 머리통을 보자 현기증이 절로 났다.

"내 말을 뭐로 들은 거야!"

당황한 나머지 언성을 높이고 말았다. 다희는 못 들었다는 듯이 내 두 손 위에 눈사람을 턱 올려놓았다. 손바닥에 닿은 부분부터 눈덩이가 녹고 있는 게 느껴졌다.

"친하게 지내도록."

다희는 나와 눈사람을 남겨둔 채 차를 타고 떠났다. 다희가 떠난 것을 확인하고 눈사람을 던져 버릴 수도 있었지만 그러지 않았다.

나는 눈사람을 사무실 냉장고의 냉동 칸에 넣었다. 냉동 칸을 닫는 순간 내 자리의 전화벨이 울렸고 전화를 든 순간 길고 괴로운 통화가 되리라는 예감이 들었다. 습관처럼 벽걸이 거울을 보려다 의식적으로 눈을 내리깔았다.

거울만 피해서 될 일은 아니었다. 사방의 흰 벽이 시야에 들어오면 시리고 따가운 기운이 흰자부터 안쪽으로 조여왔다. 게시판 문의 8건과 전화 문의 3건을 해결하자 어느덧 오후 4시를 지나고 있었다.

서린 씨, 잠깐 이리로. 전화를 끊자, 대표가 기다렸다는 듯이 자기 방으로 호출했다. 나는 노인과 마주 앉은 날과 같은 자리에 앉았고, 흰 벽을 보지 않기 위해 고개를 푹 숙였다. 대표가 답답하다는 듯 한숨을 내쉬었다.

"일낸 지 며칠이나 됐다고 벌써 이래?"

숙인 고개를 얼른 세웠다. 며칠 전에 무슨 일을

냈으며 거듭 잘못한 일은 무엇인지 짐작조차 되지
않았다. 다희네 대표 일이라면, 설치 기사의 착오로
일어난 일이었으므로 내가 낸 일이라고는 할 수 없
는 거였다.

"고객사에서 서린 씨한테 불만이 많아. 뭘 물
으려 해도 짜증을 내고 욕을 하는 통에 무서워서 뭔
말을 못 하겠대."

"짜증을 내고 욕을 해요? 제, 제가요?"

"방금도 똑똑히 들었는데 뭘. 듣기 싫으니까
닥치라고?"

억울함과 당혹감으로 점점 열이 올랐다. 방금
마친 통화는 병원 시설팀에서 온 것이었는데, 타 업
체 기기와 서비스 정도를 비교하며 열거하는 내용
이었다.

"다른 데는 음료 자판기 한 대만 들여도 커피
머신을 서비스로 준다는데, 응? 장사 몇 년째인데
융통성이 없어."

"기대하시는 품질과 서비스를 제공해 드리지
못해 정말 죄송합니다. 앞으로 더 노력하는 홍천유
통이 되겠습니다."

"앞으로 뭘 어떻게 노력할 건데. 내가 방금 다 알려줬잖아, 커피머신 서비스. 이 병원 의사, 간호사들도 다 나랑 딸, 아들처럼 지낸다니까? 걔네 다 개인 병원 차려서 나갈 애들인데 내가 말만 잘해 주면 딸랑 머신 한 대로 배를 얻는 거야."

"저희 업체는 기기별로 계약을 진행하고 있는지라 서비스 머신을 제공해 드리는 건 어렵습니다. 죄송합니다."

전화는 분명 그렇게 끝났다. 늘 그랬듯 무례한 문의에 무해하게. 듣기 싫으니까 닥치라는 말을 한 기억은 없었다. 그런데, 죄송하다는 말을 끝으로 수화기를 내려놓은 기억도 없었다. 전화가 그렇게 끝난 게, 맞나?

"그런 표정 짓는다고 없던 일이 돼? 그 화장품 회사 대표는 녹음까지 해왔는데."

화장품 제조업체에서 일한다던 다희의 말이 떠올랐다. 대표는 카카오톡으로 받은 녹음파일을 재생하기 시작했다. 파일명에는 다희네 회사 이름과 사무실 방문 전날의 날짜가 적혀 있었다.

"엄연히 회사 대표 명의로, 내 이름으로 계약

한 기계야. 문제 상황이 생기면 계약자인 나한테 보고해야지, 왜 엉뚱한 데다 연락을 해? 모른 척 넘길 셈이었나 봐?"

훈계하는 어투가 익숙했다.

"그런 게 아니라요… 최대한 신속히 도와드리려다 보니, 하하. 저희 생각이 짧았던 거 같습니다."

반면 스피커를 통해 듣는 내 목소리는 다른 사람 같았다. 내 입으로 뱉고 내 귀로 듣던 것과는 달리 자주 떨리고 끊기고, 웃음소리는 어색했다. 언젠가 TV에서 본 로봇 흉내를 내는 코미디언이 생각날 정도였다.

"그쪽이야 자판기 열쇠 바뀐 단순 사고에 그치겠지만, 회사 운영하는 입장에서는 전혀 작은 일이 아니란 거야. 작은 문제에도 흔들리고 결국 폭삭 무너지는 게 사업인데, 홍천 여기는 벌써 그런 작은 게 없네. 예의, 성의!"

노인은 저만의 경영 철학의 무아지경이었다. 말을 마치면 죽기라도 할 것처럼 끝없이 불만을 토로했는데 창의적이다 싶을 정도로 순 억지였다. 내 쪽에서 맞장구를 멈추자, 노인이 듣고 있는 거냐며 짜증스럽게 물었다. 다시 불안이 엄습했다. 이 뒤에 무슨 말을 했는지 기억나지 않았다.

"중고 자판기 한 대에 무너질 회사라면서 갑질이야, 갑질은."

차가운 말씨에 심장이 얼어붙는 거 같았다. 당황한 노인이 버벅대자, 수화기 너머 내가 쏘아붙였다.

"전화 붙잡고 있을 시간에 그 잘난 사업이나 하러 가세요."

당장 쓰러질 기세로 화를 내던 노인은 사무실로 찾아가겠다는, 드디어 내 기억 속에 있는 말을 내뱉었다.

달아난 정신이 아직 돌아오지 않은 게 분명했다. 어디로 갔을까, 그리고… '이건' 어디서 온 것일까.

자리에 멍하니 앉아있다가, 근무 시간임에도 다희에게 전화를 걸었다. 전화를 건 건 내 쪽임에도 다희의 '여보세요'가 거슬렸다.

"웬일이야?"

"나랑 너희 대표 전화한 거… 너도 들었어?"

"아아. 들었지."

얼리지 않아

나는 입술에 힘을 주고 물었다.

"왜, 말 안 해줬어?"

"뭘 말 안 해? 여보세요?"

순 억지인 것을 알지만 다희가 미리 말해 줬다면 좋았을 거라고 생각했다.

"아, 이걸 어째."

출장 기사의 탄식과 함께 단단한 것 여럿이 떨어지는 소리가 들렸다. 나는 끊는다는 말도 없이 통화 종료 버튼을 눌렀다. 출장 기사가 냉동 칸에서 떨어진 아이스크림을 줍고 있었는데, 그의 발치엔 다희가 만든 눈사람이 머리와 몸이 분리된 채 나뒹굴고 있었다.

"눈 왔다고 눈사람도 만들고. 서린 씨 보기보다 소녀 감성이네."

바닥에 떨어진 충격으로 단단한 눈 덩어리가 조각난 채였다. 깨끗한 흰 눈 아래 흙먼지 쌓인 눈과 거뭇한 담뱃재, 담배 필터 등이 한데 뭉쳐 있었다. 남의 눈에 비치는 나처럼 엉망진창이었다.

"부서졌는데, 사과 안 하세요?"

"네? 아. 미안해요."

아이스크림 껍질을 벗기다 말고, 출장 기사가 공손하게 합장했다.

눈사람 파편을 처리하고 돌아오자, 다희로부터 부재중 전화가 찍혀 있었다. 나는 통화목록에 들어가 다희의 번호를 수신 차단했다. 차단 표시가 생긴 다희의 번호 아래 저장되지 않은 번호가 눈에 띄었다. 수신 날짜는 다희네 대표와 통화를 한 날의 오전이었고, 통화 시간이 5분가량인 것으로 보아 광고성 연락은 아니었던 모양이다.

사무실 밖으로 나와 통화 목록에 있는 번호로 전화를 걸었다. 뚜르르르르. 뚜르르르르. 신호음에 맞춰 심장이 느리게 뛰고 피가 점점 식어갔다.

"여보세요,"

40대 초반으로 예상되는 여자 목소리였다. 나는 최대한 예의를 갖춰 물었다.

"며칠 전에 저한테 전화 주셨지요. 죄송하지만 어디의 누구신지 기억이 잘 안 나서요."

"서린 씨 맞아?"

여자가 의아하다는 듯 물었다.

"나 박이로 팀장이야."

3년 만에 듣는 박 팀장의 이름에 숨을 헉 들이켰다. 박 팀장이 기운 없이 웃었다.

"혹시 그 말 때문에 다시 전화한 거야?"

당시의 A 통신사는 공격적인 전화 마케팅을 지향했다. 빈도 높은 광고 연락에 고객들은 콜센터 번호를 차단하거나 걸려 오는 전화마다 짜증을 내며 끊어버리기 일쑤였다. 광고 연락을 받을 줄만 알았던 어린 날의 우리는 난생처음 겪는 냉대에 귀까지 붉어져 어쩔 줄을 몰랐다. 애인 유무를 묻거나 개인 연락처를 묻는 등의 희롱은 남녀 모두에게 있었고 그러한 폭력에 대항이라도 하는 날이면 박 팀장의 호출을 받았다.

"그 사람들은 자기들을 사람으로 안 봐. 대상 없는 장난 전화 같은 거래도. 그쪽에서 무슨 말을 하든 진지하게 받지 마."

"사람이 사람이지, 그럼 우릴 뭐로 생각하는데요."

막내가 대들자, 박 팀장이 신경질적인 어투로 받아쳤다.

"전화기."

같은 해에 입사한 동기 중 1년의 계약 기간을 채우고 나간 사람은 손에 꼽았다. 나 역시 계약을 연장하지 않고 A 통신사를 떠났고 박 팀장은 우는 소리 없이 버텨온 나의 퇴사를 제법 아쉽게 여기는 듯했다. 박 팀장은 A 통신사에서 3년을 더 일하다가 하반기에 받은 검진에서 위장 암 2기 진단을 받고 일을 관뒀다고 했다.

　　"암 환자가 되면 무서운 게 한 트럭 생기지만, 가장 무서웠던 건 내가 가르친 태도를 누군가 답습하는 일이었어."

　　박 팀장이 전화 업무를 처음 시작할 무렵, 고객의 무례를 견디는 방법은 자신을 한 명의 사람이 아닌 사무실 전화기 중 한 대로 여기는 것이었다. 시간에 따라 전화기가 사람이, 사람이 전화기가 되는 세계관 속에서 십여 년을 버텼더랬다. 그러다 세상에서 가장 현실적인 질병이 찾아온 순간 깨달았다. 저 자신을 귀하게 여기지 않아 제 몸마저 자신을 버렸다는 걸.

　　너희는 전화기야, 너희는 자동 응답기야. 자신은 물론 남들에게 해온 말을 주워 담기 위해 핸드폰에 불이 나도록 전화를 돌렸지만, 번호가 바뀌어 전화조차 안 되거나 박 팀장의 이름을 듣고 무작정 끊어버리는 이들이 대부분이었다. 몇몇은 암이라는 말에만 떨떠름한 위로의 말을 전했을 뿐, 사과나 용서 따위에는 관심도 없다는 반응이었다.

"차라리 화를 내주지. 서린 씨처럼."

제가 뭐라고 하던가요? 내가 바짝 긴장한 채로 물었다.

"……."

박 팀장은 잠시 고민하고는 입을 열었다. 물어보니 말해 주겠지만, 그날 한 말에 대해 어떤 자책도 느끼지 말라고 당부하면서.

"송서린!"

남은 오후를 어떤 마음으로 버텼는지 기억나지 않는다. 정신을 차려보니 다희가 스팅어를 끌고 사무실 앞에 와 있었다.

"아까 그 전화 뭐야. 전화는 또 왜 안 돼. 나는 너 나쁜 마음이라도 먹은 줄 알고…."

"나쁜 마음 먹었지. 네가 만든 눈사람처럼."

굳은 얼굴로 날 바라보는 다희의 흰자에서 날

카로운 뭔가가 쏟아져 나왔다. 유리 파편처럼 미세하고 날카로운 것들은 다희가 아니라 나에게서 분비되고 있었다. 내가 내뿜는 증오와 혐오 따위가 사무실 거울에 튕기듯, 다희의 흰자를 통해 나에게 돌아오는 것이었다. 내가 얼굴을 감싸고 울먹이자, 다희는 나를 이끌어 조수석에 앉혔다. 우리는 운전석과 조수석에서 각자 정면을 바라보며 말없이 앉아 있었다. 다희가 고개를 돌리지 않고 물었다.

"눈사람은 뭔 말이야?"

"네가 만든 눈사람 겉만 하얗지, 안은 담뱃재에 먼지에⋯. 온갖 더러운 게 다 들었잖아."

그게 너라고? 겉은 하얀데 속은 검은 게? 다희가 박장대소했다. 다희가 나를 놀리는 거 같아 기분이 좋지 않았다.

"너 겉보기도 그렇게 안 하얘. 대학 때부터 한 성질 했잖아."

"대학 때 나를 몇 번이나 봤다고 아는 척이야?"

"CC만 세 번 할 정도면 유명할 만하지 않니? 너도 내가 눈의 여왕인 거 알았잖아. 그 이유를 직접 보기도 했고."

나는 할 말을 잃고 차창 밖을 노려보았다. 사이드미러에 비친 내 얼굴은 눈물에 젖어 화장이 엉망으로 지워져 있었다.

박 팀장이 조심스러운 어조로 내 말을 복기했다. 나는 내가 기억하지 못하는, 오롯이 박 팀장을 상처 주기 위해 뱉었을 차갑고 거친 어투를 상상했다. 우리더러 전화기가 되라고 질책한 그녀에게 당시의 모멸감을 되갚을 날을, 내 안의 무언가가 숨죽인 채 기다려 온 것만 같았다. 나는 거울 속에 숨어서, 모니터에 입을 가린 채 말했다.

"전화기도 암에 걸리나 보죠?"

나는 좌석에 몸을 늘어뜨리고 체념하듯 말했다.

"세상이 그렇게 밉더라니. 뭐 눈엔 뭐만 보인다고."

"저녁이나 먹자."

다희는 내비게이션에 인근 양식집을 검색했다. 퇴근 시간이라 다희의 차는 한 구간에 오래도록 멈춰 있었다.

"너 '눈의 여왕' 내용 기억나?"

"눈의 여왕한테 납치당한 남자 친구를, 여자

친구가 구하러 가는 내용 아닌가."

나는 어린 날의 기억을 되새기며 대답했다. 다희가 예상한 대로라며 짓궂게 웃었다.

"제목이 '눈의 여왕'인데, 정작 눈의 여왕에는 관심들이 없지."

"넌 그 어릴 때 읽은 게 기억 나?"

"어릴 때 읽은 버전은 기억 안 나지. 대학생 때, 별명에 대한 반발심 때문에 그 책을 판본별로 사서 읽었어."

다희는 판본마다의 차이를 상세하게 이야기했다. 악마들이 만든 마법 거울과 카이, 눈의 여왕과 게르다만 나올 뿐, 내용을 죄다 일축해 둔 버전이 있는가 하면 궁금하지도 않은 게르다의 여정을 지루하게 늘린 버전도 있다고. 그중 다희가 눈여겨본 차이점은 카이와 눈의 여왕이 만나는 장면이랬다.

"어떤 책에서는 카이 눈에 거울 조각 들어간 걸 어떻게 알았는지 눈의 여왕이 데리러 오고, 또 다른 책에서는 카이가 눈의 여왕 썰매에 자기 썰매를 매 버린다? 전자는 악마들이 마법의 거울을 만들게끔 눈의 여왕이 지시한 거 같잖아. 그래서 난

후자가 더 좋아. 알 수 없는 이유로 겨울 나라의 여왕이 된 여자가, 자기처럼 마음이 추운 사람이 접근하기에 함께 데려가 준다는 거."

차량 정체가 슬슬 풀리며 앞 차가 움직이기 시작했다. 기어를 당기며 다희가 물었다.

"어떤 거 같아, 가이?"

도서관의 Y책이나 가정 교과서에서 이차 성징에 관한 내용을 발견할 때면 다희는 나체 삽화 중 여성의 음부를 특히 자세하게 살폈다. 이차 성징과 함께 자라기 시작한다는 음모는 머리, 눈썹과 같은 검정으로 칠해져 있었다. 다희는 샤워 중에 발견한 자신의 흰 털을 떠올렸다. 곡식이 여물고 사과가 갈변하듯이 얇고 흰 털이 삽화처럼 곧 검어질 거라 믿었지만, 털은 곱슬고 빳빳해질 뿐, 시간이 흐른 뒤에도 여전히 하얗기만 했다. 사춘기에 접어들어 자기 몸에 부끄러움을 느낄 줄 알게 된 다희는 흰털을 뽑고 밀다가 극심한 모낭염에 시달리기도 했다. 고등학교에 입학해서는 털 말고도 신경 써야 할 것이 많았기에 다희는 흰털과의 전쟁을 잠시 멈추기로

했다. 팬티에 스타킹, 속바지에 교복 치마, 허리에
두른 담요까지 겹겹이 감싼 페이스트리 같은 비밀
이었으니, 당장은 안심할 수 있다고 여겼다.

다희는 지망하던 대학교에 입학했고, OT에서
같은 조였던 석현과 사귀었다. 학기 초 동기들과의
술자리에서 다희와 석현, 나와 이찬은 신입생 CC
로 이목을 끌었다. 누구는 테라스에 토를 하고, 누
구는 늦은 귀가에 대해, 부모님과 전화로 다투는 중
에 테이블에 마주 앉은 우리는 치기 어린 간에 술을
들이부었다.

술집이 문 닫을 때가 되자 삼삼오오 짝을 이룬
아이들이 패잔병처럼 흩어졌다. 다희네 커플은 인
근 모텔에서 눈을 붙이기로 했고, 다희가 잠깐 눈을
감았다 뜬 사이 둘은 모텔 침대에 누운 채였다. 제
위에 포개진 석현의 뜨겁고 무거운 머리를 쓰다듬
다가, 다희는 불현듯 자신의 흰 털을 떠올렸다. 모
텔의 일회용 면도기를 사용하기 위해 몸을 일으키
려 했지만, 석현이 애교스럽게 보채는 통에 다희는
욕실에 가지 못했다.

석현의 손이 다희의 허리춤으로 내려올 때, 다

희는 혹시나 하는 기대를 했다. 5년 넘게 하얗던 털이 순식간에 검게 변하는 마법 같은 일이 아니라, 석현의 눈에는 자신의 흰 털이 이상하지 않을지 모른다는, 그만큼 자기를 사랑할지 모른다는 기대를.

"어? 너 털이, 하얗네? 뭐 한 거야?"

"아니. 원래 그래."

"신기하다."

"이상해?"

"아니, 예뻐."

애써 잡은 분위기를 깨지 않기 위한 칭찬이었겠지만, 다희는 오랜 걱정이 뿌리째 뽑힌 듯 안심할 수 있었다.

다희와 석현은 여름이 다 가기 전에 헤어졌다. 3월의 어느 새벽, 연애가 줄 수 있는 최대치의 안정을 느꼈던 다희는 이별이 줄 수 있는 최대치의 불안을 얻었다. 석현은 이제 다정하지 않은 타인이고, 언제든 다희의 치부를 떠벌리고 다닐 수 있었다. 소문을 피해 학교 밖에서 만난 사람과 친밀한 관계로 발전하기도 했지만, 상대가 섹스를 원하는 순간 다희는 단숨에 멀어졌다.

너 나 갖고 놀았구나. 상대로부터 모진 문자를 받은 날, 다희는 상처를 받아 우는 대신 침대에 기대앉아 밤을 새웠다. 사랑과 비밀, 평생 둘 중 하나를 택해야 한다면…. 다희는 비밀과 함께 자신의 전부를 걸어 잠그기로 했다.

눈의 여왕은 그렇게 탄생했다.

"눈사람을 만들고 싶었어. 쌓인 눈은 얼마 없고 그마저도 흙먼지 섞인 게 대부분이었지만. 더러운 눈으로 속을 채우고 희고 깨끗한 눈으로 덮었지. 깨끗한 표면부터 녹을 테니까 안쪽이 더럽다는 건 금방 들킬 텐데도 너한테는 줄 수 있었어. 넌 이미 봤잖아. 내가 한평생 숨겨온 부분을. 당장 넌, 네 검은 부분을 견딜 수 없는 눈치지만 드러낸 이상 차차 익숙해질 거야."

눈의 여왕의 마차가 목적지에 다다랐다. 스팅어의 시동이 꺼지자 얼어붙었던 가슴께가 풀어지며, 목 아래로 뭔가 한없이 녹아내리는 감각이 느껴졌다. 급체 후 손을 따 죽은 피를 뽑아내는 듯한, 상쾌하고 개운한 감각이었다.

나는 내 안의 검정과 반대되는 다희의 하양에 대해 생각했다. 다희가 대표실에서 건넨 흰 티슈와 욕실에서 본 다희의 새하얀 음모. 이 추운 세상에서 내가 이해하고 받아들일 수 있는 유일한 하양. 따뜻한 빛만이 반짝이는 유일무이한 눈밭…….

견인지역

1

퇴근 시각 여의도에서 촬영된 CCTV 영상.

인도를 오가는 인파 속에서, 정류장을 향해 걷던 여자가 멈춰 선다. 십 초가량을 가만히 서 있던 여자가 픽 — 하고 쓰러진다. 하나둘 모여든 사람들이 그녀를 일으켜 세우는 순간, 영상이 끝난다.

원본 영상에 달린 수백 개의 댓글 중 가장 많은 추천을 받은 것은 아래와 같다.

걷다가 발작하듯 쓰러지는 거... 코로나 초기 우한 영상이랑 비슷함

└ ㅇㅇ... 나도 그 생각함

└ 헐 ㅁㅊ 소름;;

CCTV 영상은 '여의도 기절녀'에서 '제2의 우

한, 여의도' 등으로 변형되어 SNS에 빠르게 퍼졌다.

사흘 뒤, '여의도 기절녀'의 인터뷰 영상이 뉴스 채널에 송출되었다. 실신 직후 격리시설로 이송되어 국내의 내로라하는 의료진들로부터 수십 가지의 검사를 받았다는 여자는 지친 기색이 역력했다. 검진 결과, 그녀는 어떤 바이러스에도 감염되지 않았으며 따로 앓고 있는 지병 역시 없다고 했다. 그러고는 ─ 잠시 멍한 표정을 지었는데, 자신이 전달하는 내용을 전혀 이해하지 못하는 얼굴이었다.

무언의 지시를 받은 여자가 이내 표정을 고치고 기계처럼 말을 읊었다. 카메라 근처의 프롬프트를 응시하느라 초점이 묘하게 빗나갔다.

"국민 여러분께서 우려하고 계신 팬데믹 재개는 없을 겁니다. 저는 우리 정부의 빠른 대처 덕에 격리시설에서 전문적인 검사를 마쳤습니다. 문제의 영상으로 국민 여러분께 심려를 끼쳐드려 진심으로 죄송할 따름입니다."

여자가 고개 숙여 사과하자 잠깐의 블랙아웃이 있은 뒤에 편집 전의 것으로 보이는 영상이 이어지기 시작했다. '의도된 컷' 이후인 모양이었다.

여자가 격양된 목소리로 말했다.

"진짜 이상 없는 거 맞아요? 마지막에 한 우울증 테스트에서 스트레스 지수가 평균보다 높게 나왔다면서요. 그 얘긴 왜 쏙 빼게 해요."

화면에 나오지 않는 누군가가 되받아쳤다.

"우울증 검사는 형식상 진행한 거지, 이번 이슈와는 무관해요. CCTV 영상으로 국정 불안감 조성에 일조한 A씨는 영상 내용을 객관적으로 해명할 의무가 있어요." 목소리가 '객관적'에 힘을 주어 말했다.

"그러니까, 무관하지 않은 거 같다니까요. 제가 말했잖아요. 집 가는 버스랑 같은 번호의 차량이 반대편 정류장에 정차하는 순간, 내일 아침이면 돌아올 거, 집에도 가기 싫다는 생각이 들었다고요. 그런데… 종일 가고 싶었던 곳이 갑자기 가기 싫어지니까 머리가 새하얘지는 거예요. 발밑에 길이 있지만 어디로 가야 할지 알 수 없는 패닉 상태. 이거 정상 아니잖아요."

"사람들이 염려하는 건 전염병이지 정신병이

아니에요. A씨 말대로 '조금' 높은 스트레스 수치가 이번 일의 원인이라면 뭐, 이 나라에서 걸어 다닐 수 있는 사람이 몇이나 되겠어요?"

목소리가 이죽대자 A가 히스테릭하게 소리를 지르며 카메라에 달려들었다. 스탭들이 그녀를 붙잡는 모습으로 영상이 종료되었다.

해당 영상은 다시 보기 사이트를 포함한 모든 플랫폼에 게시되는 즉시 삭제되었고, 영상을 의도적으로 송출한 PD는 해고 처리되었다.

정부가 의도한 대로 팬데믹에 대한 불안감은 줄었으나, 스트레스 질환에 대한 우려가 치솟기 시작했다. 스트레스에 좋은 음식, 스트레스 관리 방법 등이 주목을 받았고 직장인 스트레스 해소를 위한 근무처 복지에 대한 지지도 전례 없는 수준이 되었다. 무엇보다 여의도뿐 아니라 판교, 강남, 가산디지털단지 등 주요 업무지역에서 A와 같이 급작스레 쓰러지는 이들이 다수 발생했다.

전염병을 대신해서 퍼져나간 사회 현상은 모 신문사에서 발행한 기사 제목을 통해 이름을 얻게 되었다.

고도(高度)의 스트레스 속 갈 길 잃은 청년들, 이름하여 조난의 시대!

2

다음 내용은 견인(人)시설 가오픈식 보도 영상을 문서화한 것이다.

리포터 지금 나와 있는 곳은 국내 최대의 메디컬 & 헬스케어 센터입니다. 해당 시설은 약 3개월 전 전국으로 확대된 조난 현상의 해결을 위해 우리 정부로부터 지어졌습니다. 시설의 정식 오픈까지 일주일을 남겨두고 있는 가운데 현재 A 씨를 포함한 10인의 초기 조난자가 시설 내부를 체험 중이라고 합니다.

체험자 10인이 시설 체험을 모두 마칠 동안 축하 행사가 한창인데요, 국내외 가릴 거 없이 인기가 대단한 그룹이죠. ○○의 축하 무대, 그리고 대통령 축하 연설이 있었습니다.

다음으로, 2개월 전에 열린 '시설 아이디어 공모전' 수상자에 대한 상금과 상패 수여식이 이어졌습니다. 수상자 중 최고상을 받은 초등학생 B군의 응모작 '견인(人) 지역'은, 기존 견인(引) 지역의 한자를 바꿈으로써 어린아이다운 천진함이 돋보였다는 호평이 있었습니다. 수상을 마친 B군에게 소감 한마디 들어보겠습니다.

B군 어- 집 앞에 견인 지역이 있어서 불법 주차된 차들이 고리 차에 끌려가는 걸 자주 봤는데요. 요즘은 불법 주차보다 길에 쓰러진 어른들이 더 문제인 거 같아요. 인도랑 자전거 도로, 찻길이나 아파트 화단에도 쓰러져 있는데 엄마가 다 큰 어른들이 뭐 하는 짓이냐고 하거든요. 보기 안 좋으니까 싹 치워버리고 싶다고. 그래서 견인(人) 지역 표지판을 만들어서 다 같이 한 곳에 누워 있게 하면 좋을 거 같았어요. 바닥에 누운 사람들도 견인차가 와서 데려가면 더 좋을 거 같고요.

리포터 하하하, 상세한 답변 감사합니다. 우리 정부는 B군이 제출한 시설명과 셔틀 차량 아이디어를 적극 반영하여 '견인(人)차'와 정류장 격의 '견인(人) 지역'을 시설과 함께 운영할 예정이라고 하는데요. 조난자 케어와 더불어 거리 미화에도 큰 도움이 될 것으로 보입니다.

아아, 말씀드리는 순간 10인의 체험단이 시설 문밖을 나서기 시작합니다.

기자들의 카메라 셔터음과 함께 체험단 10인이 출입구를 나선다. 셔터 세례를 받는 A의 얼굴은 인터뷰 영상 때와는 비교도 안 되게 광이 난다. 리포터가 A에게 마이크를 바짝 내민 탓에 하마터면 턱을 맞을뻔했는데도 불쾌한 기색 없이 인자한 표정이다.

"시설 내부는 어떠셨나요?"
"견인시설 체험 후기 부탁드립니다!"
"여긴 —." 모두가 숨죽이고 A의 대답을 기다린다.
"여긴, 지상낙원이에요!"

이어지는 자료는 매체에 보도된 견인(人)시설 관련 주요 기사를 스크랩한 것이다.

시설 이용자 과다 발생으로 유지 비용 치솟자, 세금 인상 논의. 서민 등골 빼 먹는 견인시설…
성장·개선 의지 없는 청년 세대의 변명, "조난인가 투기인가?"

"일하기 싫어서 견인시설 다녀올게요…" 시설 진단서 악용하는 요즘 세대, 기업 운영 어려움 호소

— 정부 측 견인시설 잠정 폐쇄 입장. 돌아오는 월요일부터 시행

3

여느 월요일이 그렇듯, 사람들은 짜증스러운 표정으로 버스 정류장에 서 있었다. 지난주와 다른 게 있다면 줄을 선 인원이 두 배 이상 늘었다는 것이다. 견인시설이 문을 닫긴 한 모양이지. 회사가 도살장이라도 되는 양 울상인 표정들을 보니 기가 찰 노릇이었다.

멀리서 아이씨, 하는 탄식까지 들려왔다. 출근하기 싫다는 투정인 줄 알았는데 웬 남자가 인도를 막고 누워 통행에 방해를 준 모양이었다.

남자가 누운 곳은 정류장으로부터 10미터 떨어진 견인(人) 지역이었다. 시설은 폐쇄되었지만, 표지판은 여전히 남아있어 텔레비전 뉴스나 인터

넷 기사를 접하지 않은 사람이라면 시설 폐쇄 사실을 모를 만도 했다.

버스를 놓칠까 봐 종종걸음으로 오던 사람들은 인도를 막아선 남자가 허들이라도 되는 양 큰 보폭으로 넘어섰고, 누군가는 부러 팔이나 다리를 차고 밟기까지 했다. 견인차는 오지 않는다고 한마디만 해 주면 '아이코, 그렇군요. 몰랐습니다.' 할 텐데 다들 뭐가 그리 급하다고 심술을 부리는지.

마음이 불편해져 남자에게로 향했다. 롱패딩을 목 끝까지 잠그고 모자 줄을 꽉 조인 남자는 침낭 속에 누운 것처럼 보였다. 모자가 삼킨 얼굴은 이목구비만 겨우 보였다. 나는 아침이라 잠긴 목을 큼큼, 가다듬었다.

"소식 못 들으셨나 본데, 견인시설은 오늘부로 폐쇄됐습니다."

"알고 있습니다."

"알고, 있다고요? 알면서 여기 — 누워 있단 말입니까?"

"누운 게 아닙니다. 일어날 수가 없는 거예요."
나는 아아, 하고 짧게 반응했다.

남자는 투기자다. 견인시설에 과잉 의존했던, 시설이 폐쇄된 걸 알고도 일상으로 돌아가지 못하는 패배자. 남자와 같은 투기자는 우리 회사에 여럿 있었고 그들은 툭하면 견인시설 방문증을 끊어 회사를 빠졌다. 개인 연차의 소진을 피하려는 속셈이었는데, 시설이 폐쇄되어 그런 한심한 꼴을 더 안 보게 된 것이 얼마나 다행인지 모른다.

"일으켜 드리겠습니다. 이대로 계시면 통행에 방해되니까요."

팔을 붙들린 남자가 괴성을 질렀다. 뽑으면 죽일 듯이 비명을 지른다는 맨드레이크, 자격 없는 자는 뽑을 수 없다는 엑스칼리버만큼이나 요란한 반응이었다.

나는 깜짝 놀라 뒤로 넘어졌고, 정류장에 줄을 선 사람들은 하나같이 예민한 얼굴로 우리를 쏘아봤다. 얼른 일어나려 했지만, 등허리의 통증 때문에 섣불리 움직일 수 없었다. 허리를 삐고 만 것이다.

엎친 데 덮친 격으로, 내가 탈 버스가 정류장에 진입했고 사람들은 도울 생각은 추호도 없다는 듯 출입문에 시선을 고정한 채 버스에 올랐다. 남자가 자신의 책임이 아니라는 듯 천연덕스럽게 말했다.

"피차 일어나기 힘들어졌네요. 이리 와 누워요. 함께 견인차를 기다립시다."

"놀리는 겁니까? 견인차는 오지 않는다니까요!"

"당신이 기다린 차는 당신을 두고 떠나잖아요."

남자의 말대로 버스는 떠났고 사람들은 버스 손잡이를 잡은 채 냉랭한 시선을 쏘아댔다. 오지 않을 견인차와 달리 다음 버스는 십여 분 후면 올 테지만, 이런 몸으로 오전 일과를 무사히 마칠 자신이 없었다. 오후에는 외부 일정도 있어, 흙으로 엉망이 된 코트를 정돈할 시간도 필요했다. 기다리자. 견인차가 아니라 허리가 괜찮아질 때를.

다음 차의 정차 소식이 전광판에 떴고 그 차를 타러 온 사람들이 남자와 나를 넘어섰다. 바닥에 납작 붙어 그 큰 보폭들을 보고 있자니, 비틀스 앨범 표지의 건널목이 된 기분이었다.

"부장님, 운전 중이실 텐데 죄송합니다."

"어어, 괜찮아. 말해." 전화 너머 도로의 소음이 들려왔다.

"이동 중에 사고가 나서 허리를 다쳤습니다.

오전 출근이 어려울 거 같은데, 오후에….”

“아이고- 사고라니. 그래, 푹 쉬고 내일 보자
고. 곧 있으면 소멸할 연차 아껴서 뭘 하겠어.”

아껴서 뭘 하긴, 미사용 수당 받으려는 걸 뻔히
알면서. 나는 입으로만 하하, 웃었다.

“하여간 요새 강 팀장 같은 청년들 없지. 죄다
미꾸라지처럼 회사 빼먹을 생각뿐이니 원. 마침 라
디오에도 나오네. — 이 견인시설 문 닫은 게 아주
고소하단 말이야. 그렇지 않나? 물론, 강 팀장도 너
무 무리하진 말고. 아버지 장례 때도 그래. 그런 때
팍팍 쉬….”

전화기를 내려놓고 숨을 돌렸다. 전화 너머 웅
얼거림이 그치고서야 핸드폰을 다시 들어 대꾸했다.

“감사합니다. 내일 뵙겠습니다. 좋은 하루 되
십시오!”

전화 한 통에 하루치 에너지를 다 써버린 것 같
았다. 전화하는 동안 꿇어앉아 굽실댔더니 허리가
더 아팠다. 나는 노인처럼 앓는 소리를 내며 바닥에
등을 대고 누웠다. 긴장이 풀리자 널따란 하늘이 눈
에 들어왔다. 눈 예보가 있어서인지 구름 낀 하늘은

새하얀 눈밭 그 자체였다.

나는 남자가 전화 내용을 엿들었을까 봐 민망해져 부러 말을 걸었다.

"몇 살입니까?" 남자는 대답하지 않았다.

"직장은 어디로 다녀요?" 여전히 대답이 없었다.

"통성명이나 합시다. 동네 주민이고, 길바닥에 같이 누운 것도 인연인데."

"…."

나는 마지막 한 마디만 더 붙이고 더는 헛짓거리하지 않기로 했다.

"실명이 좀 그러면 닉네임이나 그런 거. 대답도 없고 부를 이름도 없으니 꼭 혼잣말하는 거 같아서 그럽니다."

"좋을 대로요." 드디어 남자가 대꾸했다.

나는 잠시 고민을 마치고 말했다.

"그럼 '무', 무 씨라고 부르겠습니다."

말수도 싸가지도 없다(無)는 의미의 '무'. 내가 숨죽여 통쾌해하고 있는데 그가 저- 하며 운을 뗐다.

"저는 뭐라고 부르면 됩니까?"

"아, 네, 뭐. 저도 짧게, '용 씨'라고…."

예상치 못한 질문에 말끝을 흐렸다. 용은 이름의 앞 자를 딴 것으로, 실제로 가까운 친구들이 부르는 별명이었다. 무와 용. 무용. '무용(無用)하다'라. 어쩐지 이 상황에 꼭 맞는 이름들이었다. 무와 나 사이에 오가는 대화, 견인차도 오지 않을 견인지역에 함께 누운 일, 어느 것 하나 쓸모 있는 게 없었다.

나는 기껏해야 코밖에 보이지 않는 무의 옆모습을 향해 물었다.

"무 씨는, 하는 일이 꽤 고된가 봅니다."

방금까지 대화가 오간 것이 무색하게, 무는 다시 입을 다물었다. 내가 덧붙였다.

"정말 궁금해서 물은 거예요. 오해 없었으면 합니다."

"제가 하는 일이 그렇게 궁금하신가요?"

"…."

"저는 일을 하지 않아요."

하하, 무심코 웃음이 나와 무의 눈치를 살폈지만, 무의 고개는 여전히 하늘을 향하고 있었다. 그는 내가 무슨 말을 하든 관심이 없었고 그런 무관심한 태도가 나를 무례해지도록 부추기는 것 같았다. 나는 다소 비꼬는 투로 물었다.

"그럼, 대체 뭐가, 일어나지도 못할 정도로 힘든 겁니까?"

"용 씨는 나를 투기자라고 생각하죠."

방금까지 호기롭던 입꼬리에 경련이 일었다. 정곡을 찔렸다. 무는 여전히 나를 보지 않고 말했다.

"당황할 거 없습니다. 모두 그렇게 생각할 테니까요."

무는 자신이 언제 조용했냐는 듯 떠들어대기 시작했다. 그의 말을 요약하자면 이러했다. 견인시설이 사라지는 가장 주요한 원인은 세금 인상도, 투기자의 발생도 아닌 조난자의 존재를 믿지 않는 상태, 저 스스로 일어나지 못한다는 말을 믿어주지 않는 마음들 때문이라고. 마음들 때문이라니, 무는 내가 생각한 것보다 감정적인 사람인 모양이었다.

"물론 저도 조난자와 투기자의 명확한 분리는 어렵다고 생각하지만. 저는 진짜 조난자를 압니다. 매체에 최초의 조난자로 알려진 A가 아니라, 세상이 조난자의 존재를 눈치채기 전부터 분명히 존재했던 견인시설이 생기기 전에 길을 잃고 사라진 럭키를요."

4

럭키는 무의 입사 동기였다. 그들이 근무하던 콘텐츠 유통사는 스타트업답게 수평구조와 영어 닉네임을 지향하는 곳이었다.

입사 첫날, 명함과 인트라넷 계정 생성을 위해 각자 닉네임을 만들었다. 저마다 데이비드, 테드, 브래드 따위의 이름을 지었는데 럭키 혼자서 '럭키'를 말했다. 사무실의 모두가 그를 특이하다는 듯 쳐다보았지만, 럭키는 아랑곳하지 않았다.

그때, 럭키의 직속 상사가 의자 바퀴를 끌고 파티션 밖으로 모습을 드러냈다. 그의 닉네임은 포 (Poe)였다. 포가 무시하듯 말했다.

"집에서 키우는 개 이름 따온 거 아니야?"

사무실에 어색한 공기가 흘렀다. 인사팀장을 포함한 누구도 분위기를 수습하지 못하는 것으로 보아 사무실 내에서 포의 영향력이 꽤 큰 모양이었다.

"회사의 복덩이가 되겠다는 포부를 담아서 지어봤습니다. 저희 집 개 이름은 포비인데요."

럭키가 넉살 좋게 대답하고는 핸드폰을 꺼내 보였다. 배경 화면에 새하얀 포메라니안이 혀를 내밀고 웃고 있었다. 하얀 털, 동그랗게 다듬은 얼굴과 귀가 뽀로로에 나오는 북극곰 같아서 포비라고.

풉. 자기 집 개 이름이 '포' 비래. 누군가 파티션 뒤에서 속살댔다. 얼굴이 시뻘겋게 달아오른 포는 의자를 당겨 다시 파티션 뒤로 사라졌다.

그날부터 럭키를 향한 포의 괴롭힘이 시작됐다. 회의 중 럭키가 내는 아이디어마다 '개 같다'라고 힐난하거나, 업무 피드백을 준답시고 손가락질에 손찌검도 서슴지 않았다.

럭키가 잘못한 것이 대체 무엇일까. 포가 조성한 긴장감을 멋대로 환기하려 한 일? 그게 아니면 운 나쁘게도 '포'비라는 강아지를 키운 일? 그 어떤 이유로도 포의 행동은 정당화될 수 없다는 걸 모두가 알았지만 포의 부조리한 행태에 대해 목소리를 내는 이는 없었다. 포가 경영진과 사촌지간이라는 소문이 있었던데다가, 무엇보다 당사자인 럭키가

견인지역

괜찮다며 웃어넘겼기 때문이다.

어느 날 저녁, 무는 럭키와 단둘이 남아 야근을 하고 있었다. 키보드와 마우스 소리가 빼곡히 오가던 중에, 럭키 쪽의 속도가 줄어들다가 급기야 멈춰버렸다. 그리곤, 럭키가 무를 불렀다. 무는 치킨 시켜서 맥주나 한잔하자 따위의 말이 나올 거로 생각했으나, 럭키가 꺼낸 말은 너무나도 의외의 것이었다.

"정말 이름이 문제였던 걸까."

럭키의 목소리가 너무 낮고 갈라져 있어서 무는 자리에서 일어나 럭키를 건너다보았다. 백열등 불빛이 럭키의 얼굴을 비췄다. 수척한 얼굴, 이목구비 또한 심하게 무너져 있었다.

럭키가 넋을 잃은 채 말했다.

"닉네임을 바꾸고 싶다고 인사팀에 문의했어. 그런데 이미 명함 제작이 끝나서 당분간은 안 된대. 바꾸고 싶으면 진급 시에 다시 말하라네. 진급하면 명함을 다시 뽑을 테니까. 진급까지 몇 년이 걸릴 줄 알고 그러냐니까, 그렇게 처음부터 숙고해서 고르지 그랬냐고 하더라."

럭키가 '숙고'라는 단어에 힘주어 말했다.

운명의 장난인지 두 사람이 야근한 다음 날 신입사원들의 명함이 도착했다. 제 명함을 목 빠지게 기다리던 럭키는 씁쓸한 얼굴로 명함 뭉치의 고무줄만 만지작댔다.

명함이 도착한 날, 전체 회식이 있었다. 야근 중이던 럭키의 얼굴을 본 무처럼, 회식 자리에서의 럭키를 본 사람들은 하나 같이 괜찮냐고 물었다. 입사일 대비 얼굴이 지나치게 상했거니와, 고기를 굽겠다고 나서거나 부서원들의 대화에 눈을 빛내며 끼려 하지도 않았기 때문이다. 한마디로 평소의 럭키 같지 않았다.

럭키가 말없이 앉아만 있자 사람들이 자꾸만 괜찮냐고 물었다. 분위기 흐리지 말고 평소처럼 괜찮기를 채근하는 것이었다.

누군가 럭키에게 몸이 안 좋으면 먼저 들어가도 괜찮다고 말했고, 럭키는 사양하지 않고 짐을 챙겨 일어섰다. 그러자 맞은편에 앉아있던 포가 일어나 어딜 가냐며 소리를 질렀다. 럭키는 뒤도 돌아보지 않고 가게를 나서려 했고 술에 취해 흥분한 포도 집요하게 따라 나왔다.

"어디 가냐고 개새끼야!"

포가 럭키의 넥타이를 잡아 바닥에 패대기쳤
고 럭키는 그가 휘두르는 대로 나자빠졌다. 포는 럭
키의 넥타이를 개 목줄처럼 쥐고 그를 이리저리 끌
고 다니기 시작했다. 술렁이던 사람들이 하나둘 포
를 말렸고, 포의 손아귀에서 겨우 벗어난 럭키는 하
얗게 질린 얼굴로 비틀대며 가게를 나섰다.

다음 날, 럭키는 출근하지 않았다. 그 자리에
있던 모두가 럭키가 당한 일을 보았으므로 그의 결
근을 이상하게 여기지 않았다. 럭키가 따로 연락을
취하지 않았음에도 인사팀에서는 자연스럽게 휴가
원을 처리했다. 오직 포만이 럭키의 결근을 책잡아
흉을 봤다.

"별일 아닌 거 가지고. 요즘 애들은 끈기가 없어."

지나치게 무던한 분위기를 보아하니 비슷한
일이 종종 있었던 모양이다.

그렇게 하루가 더 지나 럭키가 여전히 출근하
지 않자 사람들은 럭키에게 안부 연락을 넣기 시작
했다. 무슨 일 있어? 내일은 나올 거지? 같은 말들.
럭키는 누구의 연락도 받지 않았고 사람들은 답답

한 마음에 럭키의 태도를 가지고 수군댔다.

심한 일을 당한 건 알지만, 그래도 직장인데 연락도 없이 이러는 건 어른답지 못하지. 사람이 싹싹하고 뒤끝 없어 보였는데 영 아닌 모양이네.

무 역시 럭키에게 연락하려 했으나, 둘이 남아 야근을 했던 날과 마찬가지로 마땅한 말을 찾지 못해 계속해서 주저했다. 결국 퇴근 직전에야 문자 한 통을 남겼다.

괜찮은 거지?

다음 날, 사무실에 출근한 무는 먼저 도착한 사람들의 시선이 모두 자신을 향하는 것을 느꼈다. 정확히는, 사무실에 출근하는 한 사람 한 사람을 향해 불안한 시선이 쏘이는 것을. 무는 사무실 분위기가 심상치 않음을 느꼈고 여전히 비어있는 럭키의 자리를 보자 무엇인가 알 것 같았다.

마침내 부서원 모두가 출근을 마치자, 사내 메신저로 럭키의 부고 소식이 날아왔다. 메시지에는 장례식장의 약도 정도만 첨부되어 있었지만 메시지를 읽은 모두는 자연스럽게 포에게 눈을 흘겼다. 마치 메시지에 보이지 않는 다음 줄이 있는 것처럼. 럭키를 죽게 한 건 포라고 고발하는 문장이.

저 인간 언젠가 큰일 낼 줄 알았지. 사무실의 누군가가 속살댔다. 업무 전달을 핑계로 매일 같이 사무실을 누비며 시간을 죽이넌 포는 등껍질에 숨은 달팽이처럼 파티션 뒤에 숨어 꼼짝하지 않았고 럭키의 장례식장에도 나타나지 않았다. 무가 동기들에게 전해 들은 바로는, 럭키가 넥타이에 목을 매고 생을 마감했기 때문이란다. '넥타이'라는 말에 모두가 회식에서의 소동을 떠올렸다. 술에 취해 누구와 어떤 이야기를 나누고 집에는 몇 시에 어떻게 들어갔는지 기억하지 못했지만, 모두가 럭키에게 일어난 일만은 환한 대낮에 본 것처럼 선명히 기억하고 있었다. 그만큼 충격적인 사건이었다. 어떻게 사람이 사람을….

포의 말썽이라면 그러려니 넘어가 주었던 경영진 역시 럭키 일의 원인은 직장 내 폭행임을 인정했고 포에게는 징계 처분을, 유가족에게는 정당한 보상과 진심 어린 사과를 약속했다고 한다. 그러나 럭키의 일이 어떻게 마무리되었는지 무는 알 수 없었다. 럭키의 일이 있었던 직후 회사를 그만두었기 때문이다.

5

"회사를 그만두고 집에 틀어박혔습니다. 자는 시간을 제외하고도 침대에만 누워 있었는데, 깨어 있는 동안 가장 많이 한 것이 럭키에게 보낸 마지막 문자를 보는 일이었습니다. 사무실 사람들과 마찬가지로 괜찮다는 대답을 채근하던….

그렇게 누워 있으면 럭키가 느꼈을 수치심과 절망감, 무력감이 답신처럼 전송되는 것 같았고 결국은 저까지 목을 맬 것 같아서 집에 있던 넥타이와 벨트는 모두 갖다 버렸습니다. 하지만 목만 매지 않을 뿐 뭘 먹지도 마시지도, 씻지도 않았으니 머지않아 럭키를 따라 죽을 게 틀림없었죠.

어느 날, 견인시설에 대한 소식이 들려왔습니다. SNS에 괴담처럼 떠돌던 여의도 버스 정류장의 영상과 영상 속 A의 진솔한 인터뷰 영상은 럭키의 일이 있기 전, 럭키와 함께 본 적이 있습니다. A의 인터뷰는 결국 '저는 괜찮지 않아요'였는데 그 말이 사람들을 울리고 정부까지 움직이게 했다는 사실이 너무 놀라웠습니다. 한편으로는 A로 인해 대단한 발견이라도 한 양 '최초의 조난자'라는 타이틀을 붙이는 것이 못마땅했죠. 최초라는 말은 이전에는 없던 것을 뜻하는데, 자신들이 보지 못했다고 해서 A 이전의 존재를 지워버리는 일은 무책임한 것이었으니까요.

하여간, 견인시설이라는 희망적인 소식은 저를 다시 일어서도록 했고, 저는 약 한 달 만에 집 밖으로 나섰습니다. 그날은 견인시설 가오픈 날이었는데 제가 도착했을 때 형식적인 행사는 모두 끝난 뒤였습니다. 방송국에서 나온 리포터가 시설 입구를 가리키며 무어라 말했고, 시설 안에서 A를 포함한 열 명 남짓한 사람들이 걸어 나왔습니다. 그들의 얼굴은…. 제가 럭키를 처음 만나던 날을 떠올리게 했습니다. 어떠한 불행도 닥치지 않은 평온한 얼굴이었죠.

A가 견인시설을 지상낙원에 빗댔을 때, 저는

세상의 모든 것이 나아질 일만 남았다고 생각했습니다. 하지만 견인시설의 존립 여부는 자꾸만 정치와 사회, 자본 문제에 부딪혔고 저는 제가 할 일이 무엇인지 마침내 깨닫게 되었습니다. 저는 럭키들의 낙원을 지켜내야 합니다.

용 씨가 저를 투기자라고 생각하는 것에는 이견이 없습니다. 한 달 동안 침대에, 그리고 지금 여기 저 자신을 투기하고 있고, 이전에는 도움이 필요했던 럭키마저 내동댕이쳤으니까요. 하지만 용 씨, 당신 앞에 있는 제가 투기자라고 해서 어딘가에서 분명 일어나고 있는 조난마저 부정하는 것은 말도 안 되는 일입니다.

조난자는 지금도 집에, 사무실에, 길가에, 또 그 어딘가에 있습니다. 그들에겐 여전히 견인시설이 필요합니다."

늦은 오후였다. 한적한 도로 위로 차 한 대가 달려오는 것이 보였다. 나는 목 위로 힘을 주어 고개를 들었다. 견인차였다. 운행을 종료했다는 견인차가 신기루처럼 우리를 향해 오고 있었다.

"무 씨, 무 씨 저거 보여요? 진짜 견인차가 왔

어. 와…!"

견인차가 오면 벌떡 일어날 줄 알았건만, 무는 견인차가 정차하는 것을 묵묵히 기다렸다. 견인차는 탑승자의 신상 보호를 위하여 앞, 옆 유리를 새까맣게 선팅한 상태였다. 무와 함께 시설에 갈 생각은 없었으므로 나는 슬슬 일어날 준비를 했다.

견인차 문이 열렸고, 조난자들로 빽빽하리라 생각한 뒷좌석에는 형광색 조끼를 입은 공무원 한 명이 앉아있었다. 뒷좌석에서 내린 공무원은 견인지역 표지판에 다가섰다. 설산의 조난자 — 침낭에 누워 구급차에 견인되는 사람의 인포그래픽 — 가 그려진 파란 표지판이 공무원의 몸에 가려지더니 그가 공구함에서 꺼낸 렌치 등으로 전봇대에서 분해되었다.

작업을 마친 남자는 표지판을 옆구리에 끼고서 우리 두 사람을 내려다보았다.

"헛수고 말고 들어들 가쇼." 그가 비둘기를 내쫓듯이 손을 휘휘 저었다.

견인차가 떠나고 굵은 눈송이가 내리기 시작했다. 하늘에 쌓이고 쌓인 눈송이가 마침내 쏟아져 내리는 모양이었다.

"이만 들어가요." 내가 말했다.

"안 돼요, 기다려야죠."

"무엇을요. 견인차는 무 씨를 두고 떠났잖아요."

"다른 구원을요."

우리는 한동안 말이 없었다. 내가 말을 걸지 않으면 무가 먼저 말하는 일이 없었으므로 나마저 말을 잃었다는 표현이 알맞겠다.

나는 생각에 잠겼다. 견인시설도 견인 지역도 사라진 지금, 무가 기다리는 구원이 무엇일지에 대해서. 그리고 무의 기다림이 헛된 것을 알면서도 내가 무를 떠나지 않는 이유에 대하여.

허리의 통증은 가신 지 오래였다.

6

견인시설이 잠정 폐쇄되기 일주일 전, 나는 아빠의 장례를 치렀다. 아빠는 내가 일을 나간 사이 인터넷에서 구매한 호신용 잭나이프로 손목을 그었다. 시신을 발인하는 순간까지 내가 느낀 감정은 그리움이나 안타까움 따위가 아닌 새삼스러움이었다.

'당신 삶에 최악 아닌 순간이 어디 있다고, 이렇게 갑자기.'

내가 지금 다니는 회사에 입사할 무렵, 엄마는 아빠와의 졸혼을 선언했고 나는 같은 남자라는 이유만으로 아빠와 둘이 살게 되었다. 아빠는 퇴직금으로 친구와 사격장 사업을 시작했는데 코로나19에 의해 본전도 못 뽑은 채 가게를 닫아야 했다.

결혼생활과 사업으로 이어진 두 번의 실패 이후, 아빠는 자기 방에 틀어박혀 인터넷 세상에 빠져 살았다. 정체 모를 커뮤니티의 정체 모를 사람들과 종일 웃고 떠들거나 장난감이나 다름없는 총칼 모형을 사 놀다가 중고로 되파는 등의 무익한 일을 반복했다. 식사 때면 초콜릿과 비스킷, 불어 터진 스파게티 등으로 이루어진 미군 비상식량을 먹었다.

단언컨대 나는 아빠의 행동을 비난하거나 제지한 적이 없었다. 없는 처지에 쓸데없는 물건을 사지 말라거나, 당신이 사고파는 물건은 당신만큼이나 쓸모없는 거뿐이라는, 목 끝까지 차오른 말들을 한 번도 한 적이 없단 말이다. 내가 한 거라곤 아빠에 관한 관심을 철저히 끊은 채 가능한 한 늦은 시간까지 집에 돌아가지 않은 것뿐이었다.

나는 다니고 있는 증권사의 일에 밤낮으로 매진했다. 집이 아니더라도 하릴없이 쉬는 일은 아빠를 떠올리게 했으므로 배당받은 연차를 절반 이상 소진해 본 적도 없었다. 견인시설에 가지 않은 것도 같은 이유였다. 마음이 아프고 좀 우울하다고 해서 제자리에 벌러덩 드러눕는 일은 가엽기는커녕 추하게 느껴질 뿐이었다.

그런데 무릎을 따라 벌러덩 — 누워 있다 보니 자꾸만 아빠 생각이 났다. 오지 않는 견인차를 기다리던 무처럼 아빠 역시 죽는 날까지 간절히 기다린 무언가가 있을 거라는 생각이 들었다. 자신의 흔적이 묻은 중고품을 얼굴 모를 사람에게 발송하고, 맛도 영양가도 없는 비상식량을 먹으며 살아가던 아빠는 마치 무인도에 표류해 있는 사람 같았다. 자신이 여기 있으니 누구든 구조해 달라며 외로움에 몸부림치는 조난자.

아빠를 생각하자 보이지 않는 누군가가 내 흉곽을 짓밟은 것처럼 숨쉬기 어려웠다. 땅에 맞닿은

등과 두 팔과 다리의 힘이 빠져서는 일어나려 버둥대 보아도 소용없었다.

인정해야 했다. 조난이란 실재하는 상태였다.

7

아침 버스를 타고 출근했던 이들이 저녁 버스를 타고 정류장에 돌아왔다. 우리가 밖에 있은 지 12시간은 족히 지난 뒤였다. 그 사이 손톱보다 작은 눈이 불어나 5cm는 족히 쌓여 있었다. 이대로 움직이지 못한다면 둘 다 저체온증으로 큰일이 날지 몰랐다.

나는 벌벌 떨리는 목소리로 무를 불렀다. 무는 대답하지 않았다. 대답하기 싫은 건지 정신을 잃은 건지 분간이 안 돼 미칠 거 같았다. 누구라도 우리 곁을 지나면 일으켜달라고 애걸할 텐데, 버스에서 내린 사람들은 아침의 우리를 기억하고는 징하다는 듯 멀찍이 떨어져 걸었다.

나는 바닥에 딱 붙은 몸통 대신 팔을 움직여 핸드폰을 들었다. 구급차를 부르려는 것이었다. 그러나 내 구형 핸드폰은 영하의 날씨에 배터리가 맛이 가 전원이 들어오지 않는 상태였다.

"핸드폰 있죠. 무 씨 핸드폰으로 구급차 좀 부릅시다."

나는 팔로 무의 몸을 툭툭 쳤다. 그러자 하늘을 향했던 무의 고개가 옆으로 휙 꺾이는 것이었다. 나는 다시 한번 무를 부르며 말을 듣지 않는 몸을 옆으로 돌리는 데 성공했다.

나는 무에게로 기어가 그의 얼굴을 조이고 있는 패딩 모자를 벗겼다. 무의 얼굴은 그가 묘사했던 럭키만큼이나 엉망이었다. 살아서 나와 대화한 육신이 맞는지 의심이 될 정도였다. 나는 무가 죽어버릴까 봐 조급해졌다. 무를 살려야 한다고 생각하자 굳어진 날개뼈와 하반신에 조금이나마 힘이 들어가는 듯했다. 나는 한 번 더 몸을 뒤집어 바닥에 엎드린 다음, 오른팔로 몸을 지탱해 왼손으로 무의 얼굴을 두들겼다.

"정신 차려요. 어서 들어가야 해요. 당신이 기다리는 건 오늘, 여기 오지 않아요!"

"그럼, 언제 올까요." 무가 눈을 감고 입을 달

싹였다.

"안 옵니다. 알아서 일어나야 해요."

나는 헤엄치듯 양다리를 흔들었다. 동결된 근육이 조금씩 풀리는 게 느껴졌다. 내가 겨우 몸을 일으켜 앉았을 때 무는 실신하기 일보 직전이었다. 나는 그의 몸을 억지로 일으켜 보려 했지만, 무가 잔뜩 쉰 목소리로 다시 소리를 지르려 해서 포기하고 말았다. 지금 상태에서 힘을 더 빼는 것은 정말 위험한 일이었다.

피에타의 마리아와 예수처럼, 무의 뒤통수를 한 손으로 받치고 그의 언 몸을 녹이려 애썼다. 그리고, 금방이라도 끊어질 거 같은 무의 의식을 붙잡아 두기 위해 떠오르는 말이라면 모두 뱉었다. 아침에 확인한 주식 정보, 그제 뉴스레터에서 읽은 정계이슈, 아침마다 커피를 사는 카페의 음료 종류까지. 그러다, 문득 학창 시절 도서관에서 읽은 희곡을 떠올렸다.

"무 씨, 『고도를 기다리며』 들어봤죠. 블라디미르와 에스트라공. 인물 이름까지는 모르려나…. 아무튼 두 노인이 고도라는 사람을 기다리는데, 고도라는 사람은 작품이 끝날 때까지 나타나지 않아요. 고도(Godo)라는 이름이 신(God)과 비슷해서 작품 속 고도가 신으로 해석될 만도 한데, 작품을 쓴 사무엘 베케트는 작품 속에서 신을 찾지 말라고 했대요. 고도가 누구인지는 극을 쓴 자신도 알 수 없다면서. 그러니까, 우리가 기다리는 게 뭐든지 간에 오늘 여기서는 찾지 맙시다."

무는 나의 애원을 들은 건지 사경을 헤매는 것인지 정처 없이 눈물을 흘렸다. 하얗게 언 뺨 위로 살색 선이 그어졌다.

"이제 다 끝났어요. 불쌍한 럭키들…."

"…."

나는 무의 몸을 바닥에 내려놓았다. 이젠 어쩔 수 없었다. 나는 럭키의 모자를 다시 씌우고 지퍼를 턱 끝까지 잠가 주었다.

이제 나는 완전히 일어설 수 있었고, 무를 등진 채 내가 걸어온 길을 되돌아갔다.

8

무가 정신을 차렸을 때, 세상은 정지된 듯이 고요했다. 끝없이 내릴 것만 같았던 눈이 마침내 그쳤고, 인도와 차도에는 사람 하나 차 한 대 보이지 않았다. 무는 용이 누웠던 자리를 소복이 덮은 눈을 바라보았다. 용은 먼지 떠난 모양이었다.

팔다리 관절은 완전히 얼어 조금만 힘을 주어도 산산이 부서질 것 같았고, 흉부를 누르는 절망의 무게가 여전한 것으로 보아, 무에게 죽음은 아직 허락되지 않은 모양이었다.

무는 답답함을 떨치기 위해 흰 숨을 토해냈다. 까만 하늘을 보며 후후 숨을 골랐다. 그러자 피어오른 숨결 뒤로 별이 보였다. 도시에선 볼 수 없는 노랗고 환한 별. 아니, 그것은 별이 아니라 ― 베란다 창이었다. 온통 불 꺼진 아파트에 유일하게 불을 밝힌 집의 베란다 창이었다.

어쩜 한 집을 빼놓고 모두가 잠에 들 수 있을까. 내일이면 다시 일터로, 학교로, 다른 어딘가로 가기 위해 억지로들 눈을 붙이고 있을까. 무도 그런 밤을 여럿 보냈다. 오로지 내일을 위해 잠드는 밤을. 홀로 불 밝힌 집의 주인은 밤이 온전히 제 것이라 좋겠다고 생각하면서도, 사실 그 집의 주인은 잠을 빼앗긴 건 아닐지 생각했다. 내일이 오지 않길 바라며 뜬눈으로 지새웠던 그런 밤. 무 역시 그런 밤을 여럿 보낸 적이 있었다.

무의 시선은 날벌레처럼 베란다의 환한 빛 속을 맴돌았다. 그러자 불빛 속에서 거뭇한 인영 하나가 나타났다. 무는 집안을 들여다보다 들킨 사람처럼 화들짝 놀랐지만, 거리가 거리인지라 집주인이 자신을 발견할 수 없을 거라며 안도했다. 그런데 창가로 나타난 인영의 움직임이 이상했다. 집주인이 베란다 난간에 몸을 바짝 붙이고 위태롭게 서 있는 것이었다.

"어어, 안 돼!"

무는 깜짝 놀라 팔다리를 마구 흔들었다. 그러자 창가에 선 이가 무의 존재를 알아챈 듯, 고개를 들어 보였다. 이목구비가 전혀 보이지 않는 검은 실루엣이 자신을 코앞에서 들여다보는 듯한 비현실적인 감각에 오싹해졌다.

"도와줘."

무는 깜짝 놀랐다. 분명 백 미터는 족히 떨어져 있을 이의 목소리가 귀 바로 옆에서 들려온 것이다. 그뿐만 아니라 그것이… 럭키의 목소리와 아주 닮아 있었기 때문에. 이름을 잘못 지은 걸까, 애처롭게 묻던 럭키의 목소리와.

그가 다시 난간 아래로 몸을 숙이려 하자, 무가 질겁하며 외쳤다.

"뛰어내리지 마!"

"날 좀 도와줘."

"이젠 나도 일어날 수 없어. 나도 으스러지고 깨지고 말았거든. 거기서 뛰어내린다면 나와 다를 바 없게 될 거야."

"틀렸어. 넌 으스러지지도 깨지지도 않았어. 너는 죽지 않을 거야. 무 씨가 일어난다면. 그런 일이, 일어난다면."

무는 또 하나 귀에 익은 목소리를 들었다. 우리가 기다리는 건 오지 않는다던 단호하고 다정한 용의 목소리도 들리는 듯했다. 무는 혼란스러웠다. 어떻게 하나의 그림자가 두 사람 모두를 닮을 수 있는지. 반대로, 둘 이상의 사람에게 어쩜 같은 모양의 그림자가 질 수 있는지도 알 수 없었다.

　베란다의 환한 빛이 무를 향해 다가왔다. 빛 가운데 선 남자의 이목구비가 차츰 보이기 시작했다. 럭키와 용을 닮은 이의 얼굴은….

　그것은 구원이란 존재의 얼굴. 꿈이란 게 으레 그렇듯, 잠에서 깨면 모두 잊히겠지만 무는 그날 꿈속에서 구원을 보았다.

　무는 꿈에서와 같은 환한 빛 속에서 깨어났다. 도로를 달려온 구급차의 불빛이었다.

　"꼼짝없이 죽는 줄 알았어요."

　용은 겨우 눈을 뜬 무에게 배터리가 충전된 핸드폰을 흔들어 보였다.

　무와 용은 구급차를 타고 떠났다. 무가 팔다리를 흔들던 자리에 눈의 천사가 남았다. 눈의 천사와 저 멀리 15층의 불 밝힌 베란다가 마주 보고 이야기를 나누는 밤이었다.

　조난자, 투기자, 어느새 구원자가 되어 서로를 구하고야 마는 이들의 이야기를.

베이비 캐리어

0.8

202X년의 여름은 유난히 푹푹 쪘다. 아지랑이처럼 피어오른 광기에 취해, 누군가 품에 숨겨둔 칼을 휘둘렀고 그 순간 정치, 경제, 젠더 따위의 문제로 오랫동안 곪아온 사회가 그야말로 푹, 째어지고 말았다.

사람들은 길을 걷다 칼에 찔려 죽게 생겼다며 습관적으로 탄식했다.

"이딴 나라에서 애 낳고 살고 싶겠어?"

검색엔진과 SNS에는 비혼, 이민 등의 검색 키워드가 빠르게 늘었고, 특히 '한국인 이민 국가 추천' 같은 게시글이 인기를 끌었다. 한류 덕택인지 한국인이 입국만 하면 조건 없이 국적을 인정해 주겠다는 나라도 있었다.

한여름의 칼자국이 미처 아물기도 전에 나라

안은 이러한 문제로 소란스러웠고, 나라를 버리고 떠나려는 이들은 계속해서 발생했다. 한때 0.8명의 출산율을 기록한 한국은 한 세대가 채 지나기도 전에 출산율 0.1이라는 전례 없는 기록을 달성하고야 말았다.

인위민

가장 빨리 사라질 국가 1위로 한국이 선정되고서야, 정부는 인구 및 국력 보충에 대한 방안을 모색하기 시작했다. 제일 먼저 한 일은 자국민의 공항·항로를 통한 출국에 제약을 거는 것이었는데, 이미 인구수의 1/3이 떨어져 나간 후였으므로 큰 의미는 없었다. 한류를 빌미로 국제결혼이나 주변국의 귀화를 장려하려고도 해 보았으나 타국의 시민권을 취득한 한국계 유명인들의 활약으로 효과는 미미했다. 나라가 망하게 생겼다는 긴박감 속에 정부가 착안해 낸 최후의 방법은 비인간 시민을 만드는 일이었다.

정부는 국내외의 인재를 끌어모아 AI와 안

드로이드 개발에 조 단위의 자본을 투자했고, 근 10년 이내에 눈속임용 시민, '인위민'을 개발해 사회에 분포시켰다. 한국이 기술 개발에 국고를 탕진하고 결국 망할 것이라던 주변국의 예상과 달리 세간에 모습을 드러낸 인위민은 그저 그런 가짜가 아니었다.

인위민은 훌륭한 '모방자'였다. 인위민은 사회에 섞여 든 이후로 자연민 ─ 자연의 법칙대로 탄생한 시민. 인위민의 반대 개념 ─ 과 접촉하며 인문과 예술을 익혔고, 이들 중 특출난 몇몇은 전 세계적으로 인정받는 예술인이 되어 할리우드 및 세계 무대에 진출하기에 이르렀다. 한국 정부는 자신들이 목표한 바를 훌쩍 넘어선 인위민에게 경의를 표했다.

하루아침에 인위민과 함께 살아가게 된 자연민의 입장은 달랐다. 자연민에게 인위민은 결국 가짜에 불과했다. 인위민이 친구와 동료의 역할을 그럴듯하게 수행할 때조차 인조 피부 아래 감춰진 센서와 전선을 상상하지 않을 수 없었다. 자연민이 인위민을 께름칙해 한다는 소식을 접한 개발자들이

코웃음을 쳤다.

"두고 봐요. 한집에 살면 로봇청소기마저 사랑하게 되는 게 사람입니다. 인위민을 받아들이는 건 시간문제라고요."

자연민이 인위민에게 한 최초의 프러포즈는 인위민 등장 이후 3개월 만의 일이었다. 자연민은 그들과 일상을 함께 한 인위민에게 존경, 우정, 사랑 등의 감정을 품었고 급기야는 자연민 간의 호감보다 인위민에 대한 호감이 높다는 연구 결과까지 등장했다. 반면, 자연민에 대한 인위민의 흥미는 빠른 속도로 떨어지고 있었다. 인위민에게 자연민은 모방 대상에 불과했는데, 인위민의 학습 능력이 너무 빨랐던 나머지 고작 반년이 채 되지 않아 자연민으로부터 학습할 수 있는 모든 걸 습득해 버린 것이다. 자연민의 친구이자 동료, 배우자가 된 인위민들은 미소 띤 인조 피부 아래로 자연민에 대한 무시와 멸시를 감추고 있었다.

인위민의 적응 문제가 해결되자 정부는 다음 과제인 출산율 증가를 위해 정책을 마련했다. 정부는 자연민의 수와 위치를 파악하여 주기적인 '기능 검사'를 의무화했다. 기능 검사란 선천적 혹은 후천적 성불구를 솎아내는 작업이었는데, 검사에서 '임신 부적합자'로 판별된 이들은 3등 시민의 낙인을 안고 수도인 업타운에서 낙후 지역인 다운타운으로 추방되었다.

정부는 업타운 정중앙에 분만원을 세웠다. 분만원은 필요 이상으로 거대했고 유럽 어느 나라의 성과 같은 화려한 외관을 하고 있었다. 분만원의 입구에는 한 해의 출산율을 표시하는 전광판이 설치돼 있었는데 나타나는 수치는 시설의 웅장함과 대조되게 초라했다. 개원일에 맞춰 취재진과 함께 분만원에 방문한 대통령은 출산 지원 정책을 야심 차게 공개했다.

"자연민 여러분, 낳기만 하십시오. 낳기만 하면! 양육비와 생활비는 나라가 전액 지급하도록 하겠습니다. 가족이 함께 살 업타운 소재의 고급 아파트 분양은 물론, 최고급 유모차 브랜드 B.C.사 제품을 보급해 드릴 것을 약속드립니다."

자연민들은 자신과 함께 인생 역전을 꾀할 자연민 짝을 찾아 나섰고, 그 과정에서 많은 인위민들이 자연민 연인에게 버림받았다. 인위민들은 실연의 슬픔을 느낄 수 없었으므로 자신들의 모방 기능에 한계가 있음을 곱씹으며 시간을 보냈다.

부적합

건전지 공장에 근무하는 베스와 레틀은 첫 번째 기능 검사부터 임신 부적합 판정을 받은 3등 시민들이었다. 베스는 선천적인 자궁 기형, 레틀은 정자의 힘이 약하고, 그 수가 지나치게 적다는 이유였다.

두 사람은 공장 기숙사에서 각자 인위민 룸메이트와 함께 생활했는데, 다운타운의 인위민들은 부적합 판정을 받고 추방당한 자연민들을 특히 못 살게 굴었다. 업무 중 요청을 무시하거나 폭언을 쏟는 등, 심하면 폭력을 휘두르기까지 했다. 레틀은 같은 방을 쓰는 인위민으로부터 잦은 괴롭힘을 당했지만, 베스의 경우는 달랐다.

베스의 룸메이트 위시. 그녀는 베스를 포함한 3등 시민을 괴롭히지 않는, 다운타운에서 보기 드문 인위민이었다. 고된 업무에 시달린 베스가 근육통을 호소하는 날이면 직접 마사지해 주기도 했다. 친구이자 엄마 같은 위시와 함께 있으면, 베스는 자신에게 찍힌 부적합자의 낙인을 잊을 수 있었다. 공장과 기숙사에 그치는 생활 반경이었지만 베스는 자신에게 일어나는 모든 일을 위시와 공유하려 했다.

"위시, 나 생리를 안 해."

"원래도 며칠씩 밀렸잖아."

"그런 게 아니야. 그런 게 아니라니까?" 위시는 베스의 흥분한 얼굴을 보고는 영문을 모르겠다는 듯이 한쪽 눈썹을 치켜올렸다.

베스는 공장 구석에서 레틀과 함께 있던 일을 이야기했다. 베스는 두 사람의 행위를 '건전지를 꼈다'로 바꿔 말하곤 했는데, 이런 '건전지' 이야기를 들을 때면 위시는 집중해서 듣는 척하다가 인공두뇌 폴더 구석에 대충 던져 넣었다.

위시는 베스가 무엇을 말하려는지 알았고 그것이 불가능하다는 것 또한 알았다. 베스의 자궁은… — 거기다 상대가 레틀이라면 더더욱 — .

"기다려 봐, 곧 소식 있을 테니까." 위시는 다정하게 웃으며 베스의 어깨를 다독여 주었다.

베이비 캐리어

그렇게 몇 주가 흘렀다.

"우욱." 가공된 전지를 박스에 담던 베스가 헛구역질했다. 화장실로 달려가는 베스의 뒷모습을 보며 위시는 인공두뇌 폴더에서 약 4주 전 베스가 한 말들을 뒤적였다.

건전지를 껼어. 생리를 안 해.

전해액을 채우던 레틀도 베스의 뒷모습을 주시하고 있었다. 위시는 재빨리 베스를 쫓아갔다. 그리곤 베스가 들어간 칸의 문을 두드리며 당장 업타운 분만원에 검진을 예약하라고 말했다.

"다녀올게." 베스가 위시를 껴안으며 말했다. 위시는 베스의 마른 등을 쓰다듬었다.

"네 티켓은 편도로 끊어. 당분간 거기 있어야 할 테니까." 베스가 웃는 건지 우는 건지 모를 얼굴을 하고 고개를 끄덕였다.

공장을 떠난 베스와 레틀은 업타운 행 튜브를 타기 위해 플랫폼으로 향했다. 수도와 낙후 지역을 연결하는 초고속 전철, 튜브는 두 사람이 부적합 판정을 받고 다운타운으로 쫓겨온 뒤로 처음 타는 것이었다. 눈 깜짝할 사이 바뀌는 튜브 밖의 풍경을 보며 두 사람은 이렇게 빠른 속도로 버려졌었지, 하고 씁쓸해했다.

"두 분 모두 다운타운에서 오셨다고요?" 수납처 직원이 의아하다는 듯이 물었다. 깐깐한 얼굴의 여자는 베스와 레틀의 신원을 조회하며 무언가를 유심히 살펴보는 중이었다. 아무래도 부적합 판정을 받은 과거 기록을 열람 중인 모양이었다. 수납을 마친 베스와 레틀은 필요 이상으로 긴장하며 그들의 처분을 기다렸고, 머지않아 수납처 직원으로부터 베스의 이름이 호명되었다.

약 15분의 진료를 마친 베스는 붉게 상기된 얼굴로 진료실을 나왔다. 진료실 앞 의자에 앉아있던 레틀의 눈에 그녀가 내민 '임신 확인증'이 보였다.

"자궁이 작고 비틀려 있어서 불임 확률이 59%인데도 아기가 생겼대. 선생님도 기적이 일어난 거랬어."

"정말 생겼구나. 장하다, 우리 '기적이'."

"그게 태명이야? 어감이 좀…. 기저귀 같잖아." 긴장이 풀린 두 사람은 큰 소리로 웃다가 수납처 직원으로부터 주의를 받았다.

베이비 캐리어

베스는 녹화 수첩을 발급받았다. 카메라가 내장돼 있어 기록한 영상을 홀로그램 형태로 재생할 수 있는 최신식 태교일지였다. 임산부로 인정받은 베스는 심신 안정과 태교를 위해 분만원에 머물게 되었고 배우자인 레틀은 주에 두 번 면회를 올 수 있었다. 배우자 이외의 면회자는 1층의 테라스 카페까지 출입할 수 있다고 했다.

"위시한테 안부 전해줘. 가끔 보러 와달라고도."

레틀은 오전에 끊은 왕복 티켓을 들고 다운타운 행 튜브에 올랐다. 왕복 티켓이 베스의 임신 확인증이라도 되듯이 레틀의 두 손엔 힘이 잔뜩 들어갔다. 분만원을 떠나기 전 베스가 말하길, 그녀의 임신으로 말미암아 정자 제공자인 레틀의 1등 시민 자격 역시 검토에 들어간다고 했다. 레틀은 소리 없이 환호했다. 출산 후, 베스가 분만원을 나오면 두 사람은 업타운의 고급 아파트에 입주할 예정이었다.

레틀은 다운타운으로 추방당한 뒤로, 어쩌면 태어나서 처음으로 성취감을 느꼈다. 그는 작고 적은 정자로 기적을 만들어 낸 남자였다.

어느덧 14주가 지났다. 면회를 갈 때마다 시들

어 가는 베스의 몰골에 레틀의 걱정은 점점 커졌다. 베스는 건전지 공장을 다닐 때보다도 늙고 지쳐 보였다. 레틀은 분만원의 음식이 입에 안 맞는 건 아닌지, 임신 합병증으로 큰 병을 얻은 것은 아닌지 호들갑을 떨었다. 베스는 힘없이 웃으며 고개를 저었다. 베스가 앓는 것은 몸이 아닌 마음의 병이었다.

분만원에 처음 들어온 날, 상주 의료진들이 베스를 찾아왔었다.

"아이를 갖게 되신 건 기적이에요. 하지만 임신을 유지하는 건 다른 얘기입니다. 워낙 자궁 상태가 좋지 않아서 상태를 자주 체크해야 해요."

베스는 신경 써 줘서 고맙다고 인사했지만, 그들은 대꾸도 하지 않고 나가버렸다. 알고 보니 그들은 지나치게 '자주' 방문하겠다고 통보한 것에 불과했다. 베스는 밤낮으로 들이닥치는 의료진 때문에 밥 한 끼, 잠 한숨 편히 누릴 수 없었다.

결국 과도한 스트레스와 수면 부족으로 하혈이 발생했고 유산에 대한 두려움으로 패닉에 빠진 베스에게, 처치를 마친 의료진들이 핀잔을 주었다.

"몸 관리가 엉망이에요. 이 상태로는 아이를

건강하게 낳기 어려울 겁니다."

의료진이 방을 나간 뒤, 베스는 서러운 마음에 울음을 터뜨렸다. 베스는 의료진을 포함한 분만원 직원들이 못되게 구는 날이면 태교일지를 펼치고 울분을 토했다. 태교일지에 녹화된 내용이 직원들의 태블릿으로 전송된다는 것을 꿈에도 모른 채.

"다운타운에서 본 인위민들보다 더 해. 저렇게 갈구면 잘 자라던 아기도 똑 떨어지겠어. 피도 눈물도 없는 사람들!"

다음 날, 식사를 가져온 직원이 '그런 말'은 태교에 좋지 않으니 주의하라고 말했고, 직원이 나간 뒤에야 상황을 파악한 베스는 비참한 마음에 소리라도 꽥 지르고 싶었다.

베스는 좁은 방을 이리저리 거닐었다. 갑갑해서 미칠 지경이었다. 레틀이 주에 두 번 면회를 와주었지만, 진료실 앞에서 기적이니 기저귀니 하며 즐겁게 떠드는 순간은 더 이상 없었다. 배가 눈에 띄게 부른 뒤로 레틀은 거의 베스의 배를 보며 대화했다. 레틀이 베스의 얼굴을 살피며 괜찮냐고 물어도, 의료진의 단호한 얼굴과 겹치면서 아이를 위해 몸 관리를 똑바로 하라는 훈계로 바뀌어서 들렸다.

베스는 자신이 배 속의 아기를 지켜내지 못할까 봐 겁이 났다. 두 사람 몫의 1등 시민권과 고급 아파트, 세 사람 몫의 생활비와 아이 양육비, 그리고 유명 브랜드의 유모차까지. 그 모든 게 자신의 작고 뒤틀린 자궁에 달려 있다고 생각하니 부담감에 정신이 나갈 것만 같았다.

베스는 그 어느 때보다 위시의 보살핌이 필요했다. 부드럽고 단단한 — 합금과 인조 피부의 감촉을 느끼며 위시의 무릎을 베고 어리광을 부리고 싶었다.

"여보세요."

"위시, 나야. 왜 나 보러 안 와?" 전화 너머 위시의 목소리가 들리자, 베스는 어린아이처럼 울고 말았다.

"베스, 너 무슨 일 있구나. 그렇지 않아도 레틀이 너 많이 안 좋아 보인다고 했는데⋯. 내가 내일 갈게, 미안해." 위시의 말에 베스는 언제 울었냐는 듯 웃음을 되찾았다.

두 사람은 분만원 1층 테라스 카페에서 만나기

로 약속을 잡았다. 그날 밤 베스는 태교일지를 꺼내 위시를 만나기 전의 설레는 마음을 기록했다. 위시에게서 비롯된 기대감은 훗날 만날 아기에 대한 확신과 기대감으로 번졌다.

"나는 곧 아기를 낳을 거야. 낳을 수 있어. 아기가 태어나면…."

언-페어

분만원 앞의 내리막길을 걷던 여자가 유모차를 놓쳤다. 4kg 아기를 태운 40kg의 외제 유모차가 내리막길 아래 서 있던 베스를 덮쳤다. 쾅! 육중한 소리가 났다.

"내 아기!" 유모차를 놓친 여자가 한걸음에 달려와 유모차 덮개를 열었다. 부드러운 움직임으로 열린 덮개 아래, 안전벨트를 한 아기가 졸린 눈을 비비며 칭얼대고 있었다. 아이가 절대 다칠 일 없다는 B.C.사의 셀링 문구대로 유모차에 탑승한 아이는 조금도 다치지 않았고 베스는, 즉사했다.

베스를 만나러 온 위시와, 테라스에서 차 한잔

의 여유를 즐기던 여자들은 베스에게 들이닥친 끔찍한 광경을 목격했다.

"어떻게 된 거야?" 위시의 연락을 받고 뒤늦게 도착한 레틀이 물었다. 위시 역시 충격이 컸는지 아무 말도 하지 못했다. 위시는 테라스 바깥쪽으로 설치된 CCTV를 가리켰다. 두 사람은 직원의 안내를 받아 통제실로 향했다.

녹화된 영상에 테라스 카페 밖으로 달려나오는 베스의 모습이 찍혀 있었다. 베스는 분만원 입구를 지나 인도에 멈춰 섰고, 베스가 오른쪽을 보는 순간 유모차에 치였다.

영상을 본 레틀이 구역질했다.

"기가 막히게도. 우연이었지."

"우연? 베스를 친 유모차가 말이야?" 위시가 고개를 끄덕였다.

"그럼 유모차 말고, 베스가 갑자기 뛰쳐나간 건 뭐 때문이었는데?"

"나야 모르지."

"모르다니. 카페에서 무슨 말이든 나눴을 거 아니야."

베이비 캐리어

"이야기야 나눴지만…. 그게 베스가 그렇게 된 이유는 아닐 거라고 생각해. 이제 한번 온 나보다는 주에 두 번씩 면회 온 네가 더 잘 알 거 아니야. 베스가 많이 힘들어 했다는 거."

"……."

"네가 얼마나 혼란스러울지 알아, 레틀." 위시는 레틀의 어깨를 다정하게 다독여 주고는 통제실 밖으로 나갔다.

위시의 말대로 레틀은 혼란스러웠다. 베스가 분만원에서의 시간을 힘겨워 한다는 것은 알았지만 — 이제 거의 다 왔는데. 시민권도 아파트도, 정말 얼마 안 남은 것이었는데.

레틀은 분노와 절망감에 두 손을 꼭 쥐었다. 베스가 포기한 것은 레틀의 것이기도 했다.

레틀은 유모차를 놓친 여자를 살인죄로 고소했지만 번번이 실패하고 말았다. 법원은 여자의 행동에 고의가 없었다는 점과 아이의 부모가 처벌 받을 경우 아이의 정서 발달에 나쁜 영향을 끼칠 수 있다는 이유로 감형을 인정했다.

부부는 더 이상의 법정 공방으로 자신들과 아

이를 괴롭힌다면 레틀을 역고소해 버리겠다며 으름장을 놓았고 명백히 불리한 입장임을 인지한 레틀은 약간의 보상금을 받고 물러설 것을 약속했다.

레틀은 위풍당당한 걸음으로 떠나는 부부의 모습을 보며 자신과 베스의 것이었을지 모를 미래를 떠올렸다. 베스에게 일어난 일은 불운했고 또 부당했다. 하지만 언제라고 그들이 저들과 평등한 적이 있던가? 이번에도 그러려다 말았을 뿐이다.

레틀은 다운타운의 건전지 공장으로 돌아가 일상을 재개했다. 주에 두 번 면회 갈 일이 사라진 것을 제외하고 레틀의 삶에 달라진 건 아무것도 없었다. 위시는 친구를 잃은 충격을 토로하며 사직서를 쓰고 공장을 떠났다. 레틀은 자신보다 더 자연민처럼 구는 위시를 보고 헛웃음을 지었다.

'정말 그럴듯하군.'

베이비시터

1년 뒤, 레틀은 건전지 공장을 떠나 인근 전기 공장으로 직장을 옮겼다. 건전지 공장과 달리 기숙사까지 조금 거리가 있던 터라 이른 아침 다인용 우버를 타고 출근해야 했다.

여느 때와 같이 우버를 기다리던 레틀은 맞은편 인도로 B.C.유모차를 끌고 가는 여자를 발견했다. 베스의 일이 있은 후 레틀은 유모차만 봐도 속이 안 좋았다.

'가만, 인위민이랑 부적합자만 사는 곳에 유모차를 끄는 여자가 있다고?' 레틀은 여자의 얼굴을 유심히 살폈다. 이상하게 낯이 익었다.

"위시!" 레틀이 외쳤다. 우버를 기다리던 사람들이 레틀과 위시를 번갈아 보았다. 위시도 레틀을 발견하고는 손을 흔들었다. 위시가 맞다는 걸 확인한 레틀이 맞은편 인도를 향해 달려갔다.

"오랜만이야, 레틀. 출근하는 길인가 봐?"

"맞아. 근데 널 여기서 보는 게 너무 뜻밖이라…. 너도, 이 유모차도."

"아아. 건전지 공장 그만두고서 베이비시터 일을 구했거든."

"아아. 베이비시터 일을 구했구나." 레틀이 앵무새처럼 따라 말했다. 레틀은 인위민인 위시가

B.C.유모차를 끌고 가는 것을 매우 수상쩍게 여기던 차였다.

"다운타운에 베이비시터를 쓸 만큼 여유 있는 집이 있어?"

"사실 얘는 업타운 애야. 다운타운에는 갓난아기가 없으니 당연한 얘기겠지만." 위시가 어깨를 으쓱해 보였다.

"얘가 튜브 관광을 좋아해. 유모차째로 튜브에 타서, 휙휙 바뀌는 창밖 풍경을 보는 일 말이야." 레틀은 그것 참 사치스럽네, 하며 유모차 뚜껑을 들여다 보았다. 까맣게 코팅된 뚜껑으로는 유모차 속 아이를 볼 수 없었다. 위시가 유모차를 뒤로 빼며 말했다.

"조심해. 애 깰라." B.C.유모차를 탄 아이는 고작 이 정도로 깨지 않는다는 걸 레틀은 베스 일로 하여금 잘 알고 있었다.

"레틀, 네가 탈 우버 저기 온다."

"놓칠 뻔했네, 고마워." 레틀이 서둘러 길을 건너갔다. 위시는 레틀의 뒷모습을 쳐다보다가 무언가 생각났다는 듯이 외쳤다.

"레틀! 너한테 미처 못 준 게 있어. 베스 거야. 시간 될 때 연락해, 업타운에서 보자."

우버에 탑승한 레틀이 창밖으로 OK 사인을 보냈다. 튜브에 비하면 한참 느린 우버 밖으로 유모차를 끄는 위시의 모습이 지나갔다. 레틀은 왜인지 그 모습이 몹시 께름칙했다.

두 사람은 고급 아파트 상가의 브런치 카페에서 만났다. 가게 안에는 주말을 맞아 브런치를 즐기러 온 자연민 가족들과 그들의 B.C.유모차로 발 디딜 곳이 없었다. 다운타운에서 마주친 날보다 한껏 치장한 위시와 그녀 옆의 B.C.유모차 때문에 레틀도 제법 주변 풍경과 어우러져 보였다.

"얘 부모님은 주말에도 일을 하나 봐? 오늘도 유모차를 끌고 나온 걸 보면."

"그래서 벌이가 꽤 좋거든. 뭐 먹을래? 내가 살게." 레틀은 메뉴판을 보는 척하며 위시의 태도를 살폈다. 지난번에 마주쳤을 때부터 위시가 대화의 방향을 제멋대로 바꾸고 있다는 느낌을 떨칠 수가 없었다. 레틀은 메뉴판에 적힌 음식을 아무거나 가리켰다. 위시는 레틀이 고른 음식을 두 개 주문했다.

"너 왜…." 먹지도 못할 자연민 음식은 왜 주문하냐고 물으려던 차였다.

"이거야. 내가 주려던 거." 말을 자른 위시가 식탁 위로 물건을 올려두었다. 그것은 베스가 분만원에서 사용했던 태교일지였다. 레틀이 짐작한 대로 위시는 대답하기 껄끄러운 화제는 모두 무시하고 있었다.

"이걸 왜 네가 가지고 있어?"

"베스 유품이잖아. 네가 곧장 다운타운으로 넘어가는 바람에 분만원에서 나한테 맡겼어. 알다시피 그땐 너나 나나 경황이 없었잖니." 레틀은 베스에게 일어난 일이 우연이었다고 말하던 위시의 모습을 떠올렸다. 인조 피부가 일그러지며 만든 슬픈 표정과 달리, 레틀의 눈엔 위시의 눈이 유리알처럼 차갑게만 보였다.

때마침 점원이 음식을 내왔고, 레틀은 위시 몫의 음식을 인위민용으로 바꿔 달라고 말했다.

"아니요, 제가 먹을 거예요." 위시가 단호하게 말했다. 레틀이 식탁을 강하게 내리치며 일어섰다.

"지금 뭐 하자는 거야. 위시, 너 베스가 왜 그랬

는지 알고 있지."

"무슨 소린지 모르겠어. 우선 진정 좀 해. 베스
일에 예민하게 굴 수밖에 없는 건 이해하지만…."

"솔직히 얘기해, 베스를 죽게 한 건 너였다고!"
식사를 즐기던 부부들이 두 사람을 쏘아봤고 덮개
를 열어둔 유모차 안에서 뒹굴뒹굴하던 아기들이
울음을 터뜨렸다. 가만 보니 식당 안에서까지 유모
차의 덮개를 굳게 닫은 것은 위시뿐이었다.

엄마들이 저마다 아기를 안아 들고 달래기 시
작했다.

"아가야 괜찮아. 많이 놀랐지?" 위시 역시 유
모차 속 아기를 달랬다. 뚜껑이 굳게 닫힌 유모차를
앞뒤로 흔들며 쯔쯔쯔 — 길고양이를 부르듯이 입
소리를 냈다.

레틀은 위시 앞으로 다가가 유모차를 쓰러트
렸다. 확인해야 할 것이 있었다. 우는 아이를 달래
던 부모들이 비명을 질렀고, 식당의 보안 직원들이
달려와 레틀의 두 팔을 등 뒤로 결박했다. 바닥에
부딪힌 충격으로 유모차의 뚜껑이 열렸고 레틀이
예상한 대로, 유모차 안은 텅 비어있었다.

"…"

위시는 멸시에 찬 시선으로 레틀을 바라보더니 쓰러진 유모차를 세워 가게 밖으로 나가버렸다. 레틀은 직원들을 뿌리치고 위시를 쫓아 나갔다.

에너미(Enemy)

임신과 출산의 모방은 인위민에게 있어 영영 해결되지 않는 과제였다. 인위민은 새로 접하는 자연민의 지식과 기술을 반드시 습득하도록 프로그래밍 되어 있었기 때문에, 모방할 수 없다는 깨달음은 그에 대한 강렬한 목표 의식, 인간으로 치자면 강한 실현 욕구를 낳기 마련이었다. 물론 모든 인위민이 임신과 출산을 욕망하며 사는 것은 아니었다. 자연민 여성의 임신과 출산은 분만원에 감춰져 비밀스럽게 진행되었기 때문이다. 인위민은 당장 눈앞의 불가능이 아니라면, 실현 욕구를 느낄 일이 없었다. 부적합자 여성과 한방을 쓰던 위시 또한 그래야 했다.

건전지를 꼈어. 생리를 안 해. 위시, 나 임신했

나 봐.

베스가 분만원으로 떠난 뒤, 위시는 베스가 떠들어낸 말 속에서 헤어 나오지 못했다. 위시는 임신과 출산이라는 자연민만의 개념에 얽매어 관련 자료를 모두 서치해 학습했다. 업타운에서 촬영된 자연민 가족의 사진을 발견한 위시는 아기가 타고 있을 B.C.유모차를 보게 됐다. 출산을 마친 자연민 여성과 그녀의 남편. 그리고 선팅 처리된 뚜껑 아래 감춰진 자연민 아기. 위시는 B.C.유모차야말로 자신을 해방시켜 줄 변장 도구임을 깨달았다.

B.C.유모차 정품은 위시의 몇 년치 월급으로도 어림 없었으므로 암시장에 올라온 중고품을 들여다보는 일이 그녀의 일상이 되었다.

베스가 시설로 떠나고 14주가 흘렀다. 분만원으로 면회를 와 달라며 울부짖는 베스의 목소리를 듣자, 유모차로 겨우 달래던 모방 욕구가 다시금 들끓는 것을 느꼈다. 임신한 여자의 모습을 보고 싶었다.

위시는 테라스 카페에 앉은 베스를 보았다. 베스가 위시를 발견하고는 자리에서 일어나 손을 흔들었다. 베스의 팔다리는 공장에서와 마찬가지로

깡말라 있었지만 그녀의 가슴과 배는 비교도 안 될 정도로 부풀어 있었다.

위시의 입술 끝이 뒤틀렸다. 위시 안의 무언가가 인공두뇌의 통제를 벗어나기 시작했다.

"오랜만이야, 위시. 넌 참 그대로네, 난 그새 너무… 흉해진 거 같은데." 베스가 부른 배를 쓰다듬으며 말했다.

레틀과 건전지를 끼웠던 그때도 저렇게 웃었더랬다. 위시의 머리 안에서 센서인지 전선인지가 툭 끊기는 소리가 들렸다. 그 뒤로는, 더 이상 걷잡을 수 없었다.

"네 부른 배를 자랑하려고, 영영 배부를 일 없는 나를 부른 거니?"

베스가 난색 하며 고개를 저었지만, 위시는 베스를 향한 폭언을 멈추지 않았다. 표정 하나 없이 턱관절만을 달그락대며 저주의 말을 읊어대는 모습이 베스에게 얼마나 공포스럽게 보였을지, 위시는 관심조차 없었다. 위시는 베스와 베스 배 속 아기를 향해 저주를 퍼부었다.

너와 레틀은 네 아이에게 기형 자궁과 기준치

베이비 캐리어

미달의 정자를 물려줄 것이다. 너희 두 년놈이 부적합 판정을 받고 추방당했듯이 너희의 아이도 다운타운으로 쫓겨나 온갖 천대를 받으며 살 것이다. 아니, 태어나기도 전에 죽을 것이다. 네 자궁은 작고 뒤틀려 있으니까. 넌 원래 아이를 가질 수도, 가져서도 안 되는 몸이니까.

베스가 비명을 지르며, 테라스 카페 밖으로 뛰쳐나갔다. 분만원 직원들이 상황을 파악할 새도 없이 내리막길을 미끄러져 내려온 유모차가 베스를 덮쳤다.

차갑게 식어가는 베스를 보며, 위시는 그 어떤 감정도 느낄 수 없었다. 그녀는 그럴듯하기만 할 뿐인 인위민에 불과했으니까. 곧 레틀이 찾아왔고, 위시는 우연이었다고 말했다.

베스가 유모차에 치인 일은.

분만원에서 베스를 위한 조촐한 장례식을 치러주고 위시는 베스가 쓰던 방에 숨어들어 태교일지를 빼돌렸다. 공장 숙소로 돌아온 위시는 태교일지의 첫 장부터 재생했다.

1주 차. 분만원 입원 당일, 홀로그램 속 베스는

자신과 레틀이 해낸 일에 감동의 눈물을 흘렸다.

2주 차. 베스는 자신들이 얻게 될 고급 아파트와 금전적 지원에 대한 기대감을 이야기했다.

...

6주 차. 분만원에 대한 불만과 권태, 외로움 등을 호소했다.

10주 차. 아이를 낳지 못할지도 모른다는 불안감을 토로했다.

14주 차. 위시를 만나기 하루 전이 되어서야 웃음을 되찾았다.

"아이가 태어나면… 위시를 베이비시터로 고용해서 업타운 아파트에 함께 살면 좋겠다. 위시는 벌써, 나보다 더 엄마 같으니까."

"……."

베스는 죽었다 깨도 모를 것이다. 위시가 베이비시터는 될 수 있지만, 엄마는 될 수 없다는 사실을 자신이 천진하게 못 박았다는 사실을.

위시는 건전지 공장을 떠나 모아놓은 돈에 대출금을 보태 중고 B.C.유모차를 구매했다. 유모차를 끌고 업타운을 거닐면 누구도 위시가 인위민임을 알아채지 못했다. 임신으로 배가 부르지 않아도, 유모차의 덮개가 근사하게 부풀어 있었으니까. 텅 빈 유모차를 끌고 걷던 위시는 상가 유리창에 비친 제 모습을 바라보았다. 위시가 모방하길 원하던 자연민 여성의 모습이었다.

　다운타운에서 레틀을 만난 건 순전히 우연이었지만, '우연'이란 늘 새로운 기회를 의미했다. 위시는 레틀로 하여금 한 단계 위의 것을 모방해 보기로 했다. 엄마를 넘어 부부의 모습으로.

　아기_?

　"넌 정말 끔찍한 존재야." 레틀이 이를 악물며 말했다. 위시는 전혀 개의치 않는다는 얼굴이었다.

　"카페테리아에서 베스에게 한 말은 개인적인 감정에서 비롯된 게 아니었어. 너도 알다시피 우리가 감정을 가질 일이 어디 있겠니. 그날 내가 한 말은 베스가 스스로에게 가진 생각을 음성화해서 돌려준 거에 불과해. 우린 거울처럼, 너희의 안팎을 들여다보고 따라 하도록 만들어졌으니까. 아무튼,

오늘 이후로 더 볼일 없을 거야, 레틀." 텅 빈 유모
차를 끌고 가던 위시가 할 얘기가 남았다는 듯 유모
차의 방향을 틀었다.

"참, 베스의 일지를 보다 알게 된 건데. 너희 아기
태명이 '기저귀'였다며? '기적'이었나. 뭐가 맞아?"

"……."

레틀이 좀처럼 대답하지 못하자 위시는 흥미
가 떨어진 듯 다시 제 갈 길을 갔다. 레틀은 한참을
넋을 잃고 서 있었다. 분만원에서 베스와 나눴던 말
장난을 듣고서야, 레틀은 자신이 한 번도 아이의 성
별, 생김새를 상상한 적이 없었다는 걸 깨달았다.
자신이 기다린 것은 위시의 유모차 같은 것. 베스
와, 배 속의 아이와는 하등 상관없는 것뿐이었음을.

레틀은 1년 동안의 기억 속에서 풍화된 베스의
얼굴을 떠올렸다. 레틀의 기억 속 베스의 얼굴은 모
래바람 속에서처럼 흐릿했다. 레틀은 사막의 고운
모래로 탑을 쌓듯, 베스의 얼굴과 자신의 얼굴을 더
해 세상 빛을 보기도 전에 사라진 아기의 얼굴을 상
상하려 애썼다. 베스의 태교일지를 품에 안은 채로.

비닐, 하우스

역에서 나온 안은 꼬박 이십오 분을 기다린 끝에야 택시를 잡아탈 수 있었다. 이제 막 기사식당에서 나온 듯한 택시 기사는 이쑤시개를 물고 간헐적인 쩝―소리를 낼뿐, 안에게 한마디 말도 붙이지 않았다. 한 손으론 운전대를 다른 한 손으론 반소매를 어깨 죽까지 말아 올린 기사는 에어컨의 강도를 최대로 올렸다. 안도 창가를 피해 뒷좌석 중앙으로 자리를 옮겼다. 살인적인 무더위가 차창 밖에 큼직한 손을 붙이고 택시를 따라 달리는 듯했다. 표정 없이 창밖을 내다보던 안은 룸미러로 비치는 자신의 지친 눈가를, 그 뒤로 멀어지는 역의 모습을 바라보았다. 역은 내리막 진 길을 따라 안의 시야로부터 꺾이듯 사라졌다.

십 분쯤 지나 택시는 인근 농가를 지나쳐 어둑

한 숲길로 접어들었다. 택시가 비포장 길을 덜컹거리며 나아갈 때마다 안은 헛구역질을 했다.

아가씨, 괜찮아요? 싸구려 보잉 선글라스가 룸미러 속에서 말을 걸어왔다. 안은 길이 험해 멀미한 것뿐이라고 대꾸했다. 다시 쩝—하는 소리가 들리고 보잉 선글라스는 이내 목소리를 잃었다.

멀미, 때문이 아니었다. 마을 회관과 슈퍼마켓을 지날 때도 안은 똑같은 울렁임을 느꼈다. 슈퍼마켓의 중형 냉동고 앞을 서성이던 노인을 끝으로 차창 밖 풍경에서 사람이, 생활감이 점차 사라졌다. 길은 아닌 체하며 자꾸만 굽어졌고 머리 위로는 흙무더기 같은 나무 그늘이 두껍게 쌓여갔다. 안은 자신이 꼭 무덤 안으로 들어가고 있는 것 같다고 생각했다.

내가 파헤치고 있는 무덤은 누구의 것일까? 안은 꼬리에 꼬리를 무는 생각에 고개를 저었다. 장례식을 막 마친 지금은 지나치게 깊은 생각을 멀리할 필요가 있었다. 그저 무덤 같다는 것. 엄마가 죽고 아빠가 살아 있는 C읍에 대한 안의 첫인상은 그랬다.

그날, 안은 서술형 3번 문제의 해설을 반복해

서 읊고 있었다. 동네 학원 선생이 자기가 잘못 가르친 문제에 대해 안의 답안에 오류가 있는 것이라며 자존심을 부린 것이 화근이었다. 문제의 학원 아이들이 교무실을 들락거릴 때마다 안은 그 애들의 답이 정답일 수 없는 이유에 대해 입이 닳도록 설명해야 했다. 안의 해설이 설교라도 되듯이 바닥만 바라보는 아이가 있는가 하면 결국 울상을 지으며 부분 점수라도 줄 수 없냐고 애원하는 아이도 있었다. 점심시간 직전에 들이닥친 또래보다 키가 큰 여자아이는 안의 해설에 끝까지 반기를 들다가 교무실이 울릴 정도로 뒷문을 세게 닫고 나갔다.

　기차를 타고 C읍으로 향하는 동안 안은 자꾸만 그 키 큰 여자아이를 떠올렸다. 충분히 설명했음에도 왜요? 왜 그래야 하는데요? 하고 미간에 주름을 패던. 그 아이와 마주했을 적의 안은 이미 지칠 대로 지쳐서 화를 낼까 하다가 종국엔 '그러게. 왜 그래야 할까.'하고 되묻는 것에 그쳤다. 그 말 속에는 '너는 왜인지 알고 있다.'라는, 생선 가시같이 날선 마음이 감춰져 있었다. 안은 아이의 모로 선 눈에서 울상 짓던 다른 아이의 눈을, 윗입술을 자근대는 입에서는 주변 시선에 어쩔 줄 모르고 바닥만 보던 또 다른 아이의 긴장을 느꼈다. 안이 끝내 화를 내지 않은 것은 그 아이의 고집이 여느 아이들과, 안의 해설을 듣고 얌전히 꼬리 내린 아이들의 것과 별반 다르지 않다는 판단 때문이었다. 그러나 세 시간이 채 지나지 않아 안은 사실 그렇지 않았다는 것, 그 아이는 정말 이해하지 못했고, 왜인지 알지 못한 채로 교무실을 나서야 했음을 깨달았다.

엄마의 부고는 지방 소재의 대학병원으로부터 날아왔다. 경조사 휴가원을 작성하고 병원에 도착해 장례식을 준비하고 친인척을 맞이하는 동안 안의 의식은 교무실 뒷문 앞 제자리를 빙빙 돌고 있었다. 그러다 낡은 양복을 입고 느지막이 장례식장에 등장한 아빠를 발견했을 때, 안은 그 키 큰 아이가 눈앞에서 뒷문을 쾅—하고 닫아버린 것처럼 정신이 번쩍 들었다. 안은 저도 모르게 중얼거렸다. 왜요? 왜 그래야 하는데요?

안은 8년 전, 아빠가 고향인 C읍으로 가겠다고 했을 때, 그리고 엄마가 아빠를 따라 C읍으로 가겠다고 했을 때 그 말을 진작 꺼내지 않았던 것을 후회했다.

엄마는 패혈증으로 죽었다. 환절기 감기를 오래 앓던 것이, 아파트로 기어들어 온 산 벌레에 물린 자국이 끝내 낫지 않고 멍으로 남은 것이 예삿일이 아니었음을, 안은 병원에서 처음 알았다. 그러므로 안은 차창 밖에서 인적이 사라지고 풀벌레 소리가 들릴 때마다 몸을 떨었다. 사람이 살 수 있는 곳에서 살 수 없는 곳으로 점점 멀어지고 있다는 기분이 들었고 그 허무맹랑한 감상이 엄마에겐 실상이었음을 느꼈기 때문이다.

슈퍼에서 장을 보고 나오는 길에 쓰러진 엄마는 평상에 앉아 하드를 빨던 노인에 의해 병원으로 옮겨졌다. 급성 패혈증 진단을 받고 이틀간 억지로 입원한 뒤, 서둘러 퇴원 절차를 밟고 C읍의 아빠 집으로 돌아갔다. 그즈음 엄마로부터 전화가 왔는데 기말고사 시험감독 중이던 안은 엄마의 전화를 받지 못했다.

안은 엄마의 번호로 찍힌 부재중 전화 1통을 보며 애석하기보다는 매정하다는 생각에 치를 떨었다. 의사의 반대에도 치료를 멋대로 중단하고 아빠 곁으로 돌아간 엄마가 마지막이랍시고 제게 무슨 말을 하려 했을지, 안은 뼈저리게 잘 알고 있었다.

안과 살던 집을 떠나며 엄마가 했던 '네 아빠 혼자 두면 죽는다'라는 말. 엄마는 수족 없는 애완동물이나 키우기 까다로운 식물을 두고 여행을 떠나는 사람처럼 안절부절못했다. 기어코 아빠를 따라가 소식마저 뜸해졌던 엄마는 아빠가 아니라 자신이 죽는 날이 되어서야 안을 찾았다. 그것은 실로 이기적인 위탁이었다. 핸드폰 속 부재중 전화 1통이 안에게 애걸하고 있었다.

'네 아빠 혼자 두면 죽는다.'

안이 집으로 향하는 고속버스 앞에서 방향을 튼 것은, 이른 아침 C읍으로 가는 기차를 예매한 것은 순전히 그 말 때문이었다. 안은 생각했다. 왜 그래야 했는가. 왜 엄마여야 했는가. 왜 더 길게 살아남은 쪽이 당신이어야 했는가. 그러나 안을 이해시키기 위해 애쓰는 이는 없었고 어디선가 '너는 왜인지 알고 있다.'라는 생각이 부메랑이 되어 날아왔다.

장례식장에 온 아빠는 황무지에 배를 붙인 지렁이처럼 그 자리에서 말라 죽은 듯, 쉬어가는 듯,

미동 없이 자리만 지킬 뿐이었다.

안은 오래되어 삭은 툇마루에 걸터앉았다. 분명 역에서 택시를 타고 온 길은 알게 모르게 경사져 있었는데 도착해서 보니 오르막길을 달려오기라도 한 듯 태양과 한 발 더 가까워져 있었다. 7월의 무더운 날씨 속에도 아빠는 텃밭에 누워 투명한 멀칭 비닐을 머리끝까지 덮고 있었다. 검게 그을린 얼굴 위로 콧김이 하얗게 번져갔다. 아빠는 산소호흡기에 의존하는 병자처럼 비닐 속에서 두 시간가량을 보내다 툇마루를 지나 방 안으로 들어갔다. 안이 도착하고서 두 시간이었으니 그 전에 몇 시간이나 더 그러고 있었을지, 안으로서는 알 방법이 없었고 알고 싶은 마음도 없었다.

아빠가 집 안으로 들어온 지 얼마 지나지 않아 소나기가 내렸다. 안은 비가 내리지 않았더라면 얼마나 오래 그 모습을 봐야 했을지 생각하며, 굼벵이 허물 같은 비닐과 아빠의 몸이 텃밭에 남긴 화석 같은 자국을 바라보았다.

날이 저물고 안은 밥통을 열어보았다. 버건디 바탕에 은색 꽃이 그려진 미니 밥통은 안이 고시텔을 전전할 때 중고 거래 사이트에서 헐값에 산 것이었다. 식당이 있는 기숙학원으로 옮기게 되면서 집에 가져다 놓았는데 엄마가 가져와 쓴 모양이었다. 밥솥 안의 밥은 쉬어 있었고 주걱으로 한번 푼 만큼이 패여 있었다. 누런 정도를 보아하니 적어도 닷새 동안은 쉰 모양이었다. 그것은 엄마가 지어놓고 떠난, 예정대로라면 아빠에게 허락된 마지막 밥이었다.

품 넓은 정장을 입고 장례식장에 나타났을 때는 몰랐는데 러닝셔츠와 반바지를 입고 텃밭에 누운 아빠의 모습은 안 본 사이 더 여위고 길어져 있었다. 안은 옹알이 하듯이 '오이'하고 입술을 모았다 폈다. 빗방울이 비닐 위로 튕기며 타박타박 분주한 발소리를 냈다.

아빠는 십여 년간 작은 식품공장에 근속했다. 이따금 사장이라는 사람이 집에 찾아와 저녁을 함께하곤 했는데 올 때마다 과자 세트를 안겨주어 안은 아빠의 퇴근마다 현관에 다가서는 발소리가 하나인지 둘인지를 집중해서 듣곤 했다. 연말이 되어 찾아오는 사장의 손에는 벽걸이 양말에 눌러 담은 크리스마스 과자 세트가 들려있었고 안이 과자를 꺼내 먹는 동안 어른들은 약주를 하며 이야기를 나눴다.

　해가 갈수록 과자 세트의 구성은 옹색해져 과대 포장된 박스가 양말 부피를 눈속임했고 술에 취한 사장의 웃음소리 아래로 아빠의 한숨이 여리게 떨렸다.

　안이 열여섯 살이던 해의 연말, 방에서 숙제하던 안은 늦은 밤 현관에 들어서는 발소리가 하나뿐임을 알아차렸다. 느린 발소리는 무언가를 끌고 힘겹게 현관문 턱을 넘었다. 사장이 술에 취한 아빠를 부축해 온 줄 알고 서둘러 방 밖으로 나온 안은 두 발로 멀쩡히 선 아빠와 그의 무릎 아래 찌그러진 박스를 번갈아 보았다.

　누런 박스테이프는 뜯었다 다시 붙인 듯 공단 리본처럼 부드럽게 풀어졌다. 농가 마스코트가 프린트된 박스 앞에 쪼그려 앉은 안과 엄마는 그 안에서 오이, 수많은 오이를 보았다.

　"분명 아무 조짐도 없었어."

　아빠의 목소리가 굵은 빗줄기처럼 안의 정수리 위로 후두두 떨어져 내렸다. 크리스마스 과자 세트도 아니고 몇 해를 건너 들어오던 스팸과 들기름 세트도 아닌 그것은 아빠가 식품공장에서 받은 마지막 급여였다.

안의 엄마는 몇 달간 장을 보지 못했다. 사장이 발 빠르게 파산신청을 끝내 퇴직금도 받지 못한 데다가 냉장고 신선실에 쌓이다 못해 냉동고, 베란다 바닥까지 차지한 오이를 얼른 먹어 없애야 했기 때문이다. 오이가 막 식탁에 오르기 시작했을 즈음에는 오이소박이, 오이냉국 등으로 조리되어 나오던 것들이 시간이 지날수록 썰리지도 않은 채 식탁에 올랐다. 마른 오이에서는 쓴맛이 났다.

안은 골을 내며 끼니를 거르거나 아빠더러 들으라는 듯 욕설을 지껄이기도 했다. 그럴 때면 아빠는 안이 어린 시절에 쓰던 앉은뱅이책상 앞에 앉아 오이를 안주 삼아 소주를 마셨다.

직원들은 공장 앞으로 나가 시위를 벌였다. 흥신소를 통해 중국으로 달아난 사장을 추적하겠다며 열을 올리는 이도 있었다. 뉴스에 한 번, 지역 신문에 두세 번 실린 시위 현장 사진 속에 공장에서 일하던 직원 대다수가 얼굴을 비쳤지만, 아빠의 모습은 어디서도 찾아볼 수 없었다. 아빠는 공장 일에서 손을 뗀 채 제 가정이 점차 궁핍해지는 것을 보고만 있었다. 안의 엄마가 마트 캐셔 일을 시작했지만 당장 세 식구 생활비를 충당하기엔 근무 시간이 짧은 만큼 급여도 적었다.

학교에서 돌아온 안은 엄마가 일 나간 틈을 타술에 취해 잠든 아빠의 얼굴에 책가방을 던졌다. 가방 모서리에 코를 맞은 아빠는 얼굴을 감싸 쥐고 몸을 작게 웅크렸다. 작은 소리로 끙끙대는 아빠에게 안이 악을 쓰며 대들었다.

"아빠나 오이나, 엄마랑 나한테 처치 곤란인 건 똑같아. 가장 노릇 할 생각 없으면 당장 우리 집에서 나가."

아빠는 제 발치까지 내려간 솜이불을 발가락으로 끌어다 몸 위에 얹었다. 몸을 잔뜩 쪼그리고 얼굴은 이불 속으로 감췄다. 이불 속에서 앓는 아빠의 소리가 제게 닥친 상황에 대해 변명하는 소리처럼 들려왔다. 안은 아빠의 말을 끝내 알아듣지 못했고 알아듣고 싶은 마음 역시 없었다.

앞장서 시위를 이끌었던 직원들 덕에 아빠는

사장에게 떼먹힌 돈의 일부를 돌려받은 것은 물론, 발 빠르게 이직했던 동료 직원의 알선으로 다시 공장에 나가게 되었다. 안은 '분명 아무런 조짐이 없었다'라는 아빠의 말을 믿지 않았다. 시위 중 사장의 횡령이 기록된 장부가 발견되었고, 일이 터지기도 전에 급여 신급을 요구했거나 일찌감치 사장의 거동을 주시했던 직원도 몇 명 있었더랬다. 아무런 준비도 못 한 채 벼락을 맞은 집은 안의 가족뿐이었고 아무것도 하지 않고 시위의 덕택을 본 것 역시 그들뿐이었다.

안은 집안 곳곳에서 썩은 오이들을 음식물 쓰레기봉투에 모아 버렸다. 벌레 먹고 짓무른 것, 바싹 말라 주름이 팬 것, 곰팡이로 뒤덮인 것이 한 데 섞여 쓰레기통 안으로 사라졌다. 마침내 모든 것을 내몰고 현관에 들어섰을 때, 안은 생각보다 많은 것을 제 안에서 덜어냈음을 깨달았다. 새벽이면 쓰레기차가 싣고 갈, 어쩌면 안으로부터 영영 단절될 것들.

그날 이후 거실 어딘가에선 늘 죽은 작물의 냄새가 풍겼는데, 그곳엔 아빠와 아빠의 긴 그림자가 앉은뱅이책상 앞에 양반다리를 하고 앉아 있었다.

안이 고시 공부에 열을 올리던 8년 전의 그 해, 아빠는 돌연 공장을 그만두고 C읍에 가 살겠다고 통보했다. 안의 친할머니와 친할아버지가 연달아 돌아가신 해였다. 고시텔 책상 앞에 앉아 엄마와 전화하던 안은 엄마 역시 C읍으로 떠나려는 것을 알았다. 엄마는 경기도 집을 정리하고 최소한의 짐만 옮겨 C읍에서 아빠와의 생활을 이어가려 한다고 했다.

"네 아빠 혼자 두면 죽는다. 네 아빠, 거기 죽으러 가는 거다."

안은 대꾸도 하지 않고 전화를 끊어버렸다. 세상엔 더 알고 싶은 것보다 더는 알고 싶지 않은 것이 상대적으로 많은 모양이었고 아빠 문제에 있어서만은 엄마의 생각을 이해하고 싶지 않았다.

고시텔의 낡은 책상에 엎드린 안은 책상 모서리에 맞닿아 울리는 제 심장 소리를 들었다. 아빠 대신 혼자 남겨졌다는 불쾌한 떨림이 책상과 붙은 벽을 타고 천장으로, 바닥으로, 사방으로 퍼졌다. 안은 자신을 둘러싼 모든 것들이 한순간에 무너져 내릴 것만 같다고 느꼈다.

안은 굳은 밥을 떼어 입안에 넣고 굴렸다. 손가

락 마디만 하던 것이 입안에서 알알이 흩어지자 안은 이내 구역질을 했다. 빈속에서 오르는 위액을 혀끝으로 털어내며 안은 제 아랫배를 조심스럽게 문질렀다. 인애가 생긴 후로 안은 무얼 먹든 다 게워내고 말았다.

안은 싱크대 구석에서 퍼석하게 마른행주로 바닥을 닦다가 그대로 벽에 기대앉았다. 지친 얼굴로 허공을 주시하던 안은 밥통 안으로 날벌레 한 마리가 날아드는 것을 보았다. 안이 손을 휘휘 저어도 녀석은 도무지 날아갈 줄을 몰랐다. 날벌레는 주걱으로 팬 자리에 앉아 식사인지 휴식인지 모를 순간을 만끽했다. 안은 그 부동(不動)을 차마 견디지 못하고 그대로 밥통을 닫아버렸다. 육중한 뚜껑이 그림자를 드리우는 와중에도 날벌레는 날개를 접은 채 유유히 자리를 지켰다. 움직여, 움직여. 안이 중얼거렸다. 안은 밥솥을 포함해 부엌을 몽땅 뒤엎어서라도 녀석을 움직이게 하고 싶었다.

마당에는 빗방울이 비닐 위로 불규칙하게 튕기는데 아빠의 집은 온통 고요했다. 안의 눈은 어느새 안방으로 향했다. 무덤 속 시체처럼 가만히 누워 있는 아빠를 보자 휘몰아치는 감정을 억누를 수 없었다. 엄마 종아리에 잇자국을 남긴 벌레보다 한평생 엄마를 파먹은 아빠가 원망스러웠다. 엄마가 해 놓은 밥을 먹고 며칠을 연명한 주제에 이제 와 저 홀로 무덤 속으로 달아나려 하다니. 그럴 수는 없었다. 안이 살아있는 한, 아빠는 가장으로서 책임을 다해야 했다. 그것은 자손을 만든 이의 원죄이자 천륜이었다.

비틀거리며 자리에서 일어나 안은 안방 문턱 위에 섰다. 문짝 없이 개미굴처럼 뻥 뚫린 방안을 향해 안이 말했다.

"아이를 가졌어."

아빠가 앙상한 두 팔로 바닥을 짚어 천천히 몸을 일으켰다. 못 본 사이 더 움푹 들어간 눈가는 그늘이 져 도통 어디를 보는지 알 수 없었다. 아빠는 마른 낙엽 같은 입술을 바스락거리며 입을 열었다.

"아이 아빠는?"

안은 외호의 이름을 댈까 하다가 그냥 없다고 대답했다. 아빠가 C읍으로 떠난 날, 안에게서 아빠의 존재가 지워졌듯이 안과 인애를 떠난 외호도 없는 것이 되어야 마땅했으므로. 그런데도 안은 '없다'라는 말을 하기까지 몇 초간의 고심을 거쳤다. 안은 처음부터 없었던 것과 있다가도 없게 된 것들을 잘 분간하지 못했다. 애석하게도 세상은 그런 것들이 주를 이루고 있었고 외호도 그중 하나였으며, 안은 그의 그 모호한 모양새를 사랑했다.

안은 교원임용시험 설명회에서 외호를 만났다. 같은 복도에서 시범 면접 순서를 기다리던 두 사람은 긴장을 풀기 위해 몇 마디를 주고받았고 안보다 먼저 면접실에 들어갔던 외호는 안의 면접이 끝날 때까지 건물 입구에서 기다려 주었다. 언젠가 두 사람이 함께 보러 간 연극처럼 복도에서 처음 시작된 몇 마디는 전화선처럼 구불거리며 자꾸만 이어졌다.

외호가 일 년 먼저, 안은 그다음 해에 임용고시에 합격했다. 외호는 안이 지금 근무하는 학교의 국어 교사로 부임할 때까지, 설명회 입구에서 안을 기다려 준 날처럼 안의 성공을 기원해 주었다.

외호는 안이 근무하는 학교로부터 15분 거리의 중학교에서 사회 교사로 근무했다. 퇴근 후, 안과 외호는 서로 반대 방향으로 달리는 같은 번호의 버스를 탔다. 그러고는 두 버스가 맞물리는 지점에서 하차해, 누가 먼저랄 것도 없이 서로를 끌어안았다. 안은 외호와 포개져 있는 시간 동안 꿈속을 거니는 사람처럼 제 눈에만 보이는 것을 보았는데, 저 홀로 황홀경에 젖어 한 정거장씩을 더 가기도 했다.

외호의 가슴에 등을 붙이고 누운 안은 '우리가 아이를 가진다면—'하고 운을 뗐다. 그리곤 스탠드를 놓은 협탁 서랍에서 작은 수첩을 꺼냈다. 안은 보았고 외호는 보지 못한 것이 그 안에 있었다. 안은 서른 개 남짓한 이름 중 하나를 골라 볼펜으로 동그라미를 쳤다. 아기집 같은 둥근 원 안에 '인애'의 이름이 출렁였다.

"사랑 많은 아이로 자라라고 인애라고 지었어."

외호는 안을 가만히 끌어안고 그녀의 어깨에 입을 맞췄다.

"자기는 이응이 들어가는 이름을 참 좋아하나 봐."

목 언저리를 간질이는 외호의 숨결에 키득거리던 안은 그 순간 헉하고 숨을 삼켰다. 외호가 무

비닐, 하우스

슨 일이냐 묻자 안은 아무것도 아니라고 대답했지만, 안에게는 분명 무슨 일이 일어나고 있었다. 안과 외호의 이름에는 틀림없이 ㅇ이 있었고 인애의 이름에는 두 사람의 것을 합친 듯 ㅇ이라는 자음이 둘이나 들어 있었다. 의식했건, 의식하지 않았건 간에 안은 외호의 말대로 자신이 ㅇ이라는 자음을 퍽 좋아한다고 믿게 되었다. 그와 동시에 둥근 고리 같은 인애의 이름이 그들 세 사람을 단단히 묶어줄 것이라고 믿었다.

도어락 잠기는 소리가 날카롭게 울렸다. 안은 외호의 온기가 남은 침대 위에 걸터앉아 있었다. 종일 협탁 속에 숨겨두었던 흐린 두 줄의 테스트기를 그러쥔 채, 안은 외호의 온기가 제 것으로 덮이는 순간을 견뎌야 했다. 안은 아랫배를 천천히 쓸어내리며 '네 탓이 아니야'라고 말했다.

안은 지금껏 외호가 떠난 일의 원인이 인애라고 생각해 본 적 없다. 인애가 아니라 자신이 버림받은 거라고, 둥근 원 안에 홀로 남겨졌을 뿐 그 고리의 존재는 인애로 인하여 여전하다고 믿었다. 외호는 세상의 여느 것들처럼 있다가도 없는 것이 될 수 있지만 아직 세상에 나오지 않은 인애만큼은 안의 안에서 그녀와 함께 존재하고 있었다. 그렇게 안은 인애를 품은 시간 동안 다시 저 자신만 볼 수 있는 것들을 보았다.

그러므로, 인애더러 '태어나지 않는 편이 나을 거'라고 지껄이는 아빠를 견딜 수 없었고, '태어나지 말았어야 한 것은 당신'이라며 그 앙상한 몸을 부러뜨릴 기세로 밀친 것이다. 안은 아빠가 떨어져 나간 이부자리 위에 드러누웠다. 달팽이에게서 집을 빼앗듯이 아빠가 달아날 구멍이란 구멍은 온통 막아버리고 싶었다. 아빠의 이불에서는 그 옛날의 시든 채소 내음이 났다.

안은 아빠의 집을 빠져나와 숲길을 거슬러 올랐다. 택시도 중간에 멈춰야 했던 험한 길을 신발도 신지 않은 채 맨발로 걸었다. 오르막길은 도무지 끝날 줄을 몰랐고 나무 그늘 사이로 뜨거운 햇빛이 용암처럼 쏟아져 내렸다. 그런데도 안은 걸음을 멈출 수 없었다. 아랫배에서 강한 진통이 느껴졌다. 안은 구슬땀을 떨구며, 돌이 가시처럼 솟은 흙바닥에 누워 호흡을 가다듬었다. 그런데 어디선가 들려오는 말소리에 호흡이 자꾸만 엇박자로 틀어졌다.

안은 소리가 나는 쪽을 향해 고개를 돌렸다. 텃밭에 누워 멀칭 비닐을 덮은 아빠가 주문처럼 무엇인가 외고 있었다. 아빠의 목소리가 뱀처럼 기어 왔다.

"태어나지 않는 편이 좋아. 태어나지 않는 편이 좋아. 태어나지…."

높낮이 없는 문장이 불길하게 반복됐다. 아빠의 눈이 안의 배로 향하자 안은 제 피부가 온통 투명해져 아빠가 인애를 볼 수 있기라도 한 것처럼 소름이 끼쳤다. 그보다 더 절망스러운 것은 분명 긴 시간 동안 숲길을 거슬러 올랐음에도 자신이 다시 아빠 집 텃밭에 있다는 것이었다.

안은 새어 나오는 비명을 참으며 다시 하늘을 향해 눈을 부라렸다. 나무 그늘이 걷힌 하늘 위에서는 작열하는 태양이 뜨거운 입김을 뿜어대며 인애를 세상 밖으로 끄집어내려 하고 있었다. 안은 세상의 눈으로부터 인애를 지켜내기 위해 온몸에 힘을 주며 울부짖었다. 저도 모르는 사이 아이를 향해 태어나지 말라며 애걸하고 있었다.

안이 눈을 뜬 새벽은 모든 것이 낮과 반대에 놓

여 있었다. 화장터 재처럼 흩날리던 열기는 공중에 멈춘 채 식어버렸고 불빛 하나 켜지 않은 집은 영락없이 밤의 배 속으로 삼켜진 뒤였다. 새벽의 입자가 알알이 박힌 비즈 커튼이 안을 휘감자, 감각이 목 아래서부터 차례로 돋아났다. 방 밖에서 음식 냄새가 풍겼다.

안은 벽을 더듬어 겨우 부엌으로 나왔다. 낮 동안은 다리를 접고 냉장고와 찬장 사이에 숨어있던 앉은뱅이책상이 부엌 한가운데 나와 있었다. 안은 책상 위에 묵직하게 놓인 검은 비닐봉지를 두 손으로 해쳤다. 뚝배기에 담긴 닭이 제 몸으로 고아낸 육수 안을 고요히 유영하고 있었다.

아빠는 빗물이 채 마르지 않은 텃밭에 누워 있었다. 멀칭 비닐이 아빠가 들어가 누울 곳에 닥친 빗물을 온몸으로 튕겨낸 모양으로, 아빠는 담요라도 되는 양 비닐로 온몸을 감싼 채였다. 잔인할 만큼 여전했다. 안은 다 식어버린 삼계탕 따위에, 앉은뱅이책상 위에서 다리를 꼰 죽은 닭 따위에 그들 부녀 간의 무엇도 바뀌지 않으리라는 것을 깨달았다. 검정 비닐 속 어설픈 온기마저 철저히 얼려버리고 싶은 마음으로, 안은 삼계탕을 냉장고에 던져 넣었다.

안은 이온 음료와 샌드위치 하나를 집어 가게 밖에 나가있는 주인을 향해 소리를 높였다.

"여기, 계산 좀 해주세요."

주인은 근처 평상에서 다른 노인들과 바둑을 두고 있었다. 하나같이 머리가 벗어진 노인들이었다. 주인이 격양된 목소리로 말했다.

"카드는 안 돼."

주인은 자신이 이기든 지든, 판이 끝나고 나서야 계산대로 돌아올 모양이었다. 어쩌면 그다음 판이 끝나야 돌아올지도 몰랐다. 안은 가게 전체에 쌓인 먼지와, 가판대와 냉장고 앞에서 말라 죽은 벌레들, 그리고 다시 벌레 위에 쌓인 먼지를 보았다. 무덤 없이 죽은 것들 위로 흙 대신 먼지가 쌓여 있는 풍경이 안을 더 암울하게 했다.

적당히 끼니를 때우고 한시라도 빨리 C읍을 떠날 작정이던 안은 계좌이체를 위해 이온 음료와 샌드위치의 가격을 확인했다. 그러다 샌드위치의 유통기한이 임박한 것을, 다른 상품들도 하나같이 늙고 오래된 채로 끝을 향해가고 있음을 알아차렸다.

안이 평상 앞에 나타나자 둥글게 모여 앉은 세 노인이 안을 동시에 올려다보았다. 안은 누가 주인인지 구별할 수 없어 세 노인 모두의 얼굴 앞으로 이체 완료 화면을 들이밀었다. 안의 오른편에 앉은 노인이 말했다.

"3,900원 모자라."

안은 황당하다는 듯 얼굴을 구겼다. 안은 샌드위치와 이온 음료의 가격을 대며 자신은 정확한 액수를 입금했음을 강조했다. 이번에는 안의 왼편에 앉은 노인이 입을 열었다.

"우산도 살 거잖아. 곧 있으면 비가 내릴 텐데."

세 노인은 지난밤에 그친 비가 언제 다시 내릴지 정확히 알고 있기라도 하듯 우산도 없이 외출한 안을 바보 취급하고 있었다. 안은 물건 하나 더 팔기 위해 노인들이 괜한 수작을 부린다고 생각했다. 한 소리 할까 했지만, 배 속에서 힘한 소리를 들을 인애를 생각하고서는 그러지 않기로 했다. 하는 수 없이 가게에 다시 들어가 계산대 앞에 걸린 비닐우산을 집어 들고 우산값을 마저 이체했다. 숲의 입구를 향해 걷는 안을, 이번엔 평상 가장 안쪽에 앉은 노인이 불러 세웠다.

"두 개 사지 않고?"

안은 더 이상 참지 못하고 헛웃음을 흘렸다. 세 노인은 대꾸도 없이 숲길로 들어서는 안을 오래 바라보았다. 가장 안쪽에 앉아 있던 노인이 중형 냉동고 안에서 하드를 꺼내 입에 물었다. 얼마 남지 않은 이가 하드에 얕은 잇자국을 남겼다.

평상 위의 바둑은 다시 시작되었고 세 노인 중 패배한 쪽이 아쉬운 소리를 냈다.

안이 숲에 막 들어섰을 때 어제보다 굵은 소나기가 쏟아지기 시작했다. 나뭇잎에 빗물 튕기는 소리가 사방에서 들려왔고 안은 발을 헛디디지 않도록 천천히 조심해서 걸었다. 싸구려 비닐우산을 머리 위로 펼치면서 안은 약간의 거룩함마저 느꼈다. 빗방울이 낙하하는 순간 볼품없던 세 명의 노인이 신화 속 현자처럼 느껴진 것이다. 그와 동시에 안의 마음은 복잡해졌다. 노인이 권한 또 하나의 우산은 누굴 위한 것이었을까…. 안은 저 멀리 아빠의 집을 응시했다. 아빠는 비가 오면 허물을 벗고 집안으로 숨어드는 모양이므로, 오늘도 무사할 것이었다. 비겁하게도.

안이 마당으로 들어섰을 때 아빠는 여전히 텃밭 위에 누워 있었다. 안은 생각지 못한 광경에 텃밭 안으로 발을 들였다. 허리를 숙이고 '아빠, 아빠' 하고 불러도 보았다. 자세히 보니 아빠의 얼굴은 물의 무게를 그대로 담은 비닐에 짓눌려 코와 입이 완전히 막힌 상태였다. 안은 기겁하며 비닐을 걷어냈다. 아빠는 그 어느 날보다도 죽음과 가까운 곳에 있었다.

아무렇게나 널브러진 멀칭 비닐만큼이나 텅 빈 몸이 지나치게 쉽게 끌려왔다. 안은 아빠를 툇마루에 건져 올리고 안전교육 시간에 학생들과 함께 본 영상 내용을 떠올리며 서둘러 인공호흡을 했다. 숨을 불어넣고, 또 불어넣으며 안은 제발 좀 움직이라고, 제발 좀 살아나라고 애원했다.

십여 분이 지나 아빠는 겨우 의식을 차렸다. 안은 자신과 인애 몫으로 아빠가 사다 놓은 삼계탕을 냉장고에서 꺼냈는데, 방금 만진 아빠의 손발처럼 차가운 감촉에 소름이 돋았다. 안은 앉은뱅이책상을

비닐, 하우스

소반 삼아 뜨겁게 데운 삼계탕을 안방으로 옮겼다.

어제처럼 허리를 세우고 앉은 아빠가 안을 올려다보았다. 금방이라도 그 낙엽 같은 입술을 떼어 내 다시금 '아이 아빠는?' 하고 물을 것 같았다. 그러나 파랗게 식은 입술에서 나온 말은 전날과 전혀 다른 것이었다.

죽기 위해 C읍에 왔는데 자꾸만 누가 자기를 살려놓는다고. 아내가, 딸이, 자기를 원망하던 사람들이 자꾸만 자기 숨을 붙여놓는다고 말했다. 아빠는 안이 태어나고 처음으로, 그리고 저 자신이 세상에 나고 처음으로 자신의 이야기를 꺼냈다.

거단은 영하의 날씨에 세상 밖으로 끌려 나왔다. 준비 없이 맞은 조산에 꽝꽝 언 남의 밭에 들어선 모친은 밭이 얼지 말라고 깔아놓았을 천막 아래로 기어들어 가 아이를 꺼낼 준비를 했다. 후, 후우. 짧고 거센 산모의 호흡이 천막 안을 튕기고 탯줄에 매달려 나온 거단의 첫울음도 천막에 먹혔다.

그의 비범한 탄생에 가족 모두가 각자의 기대를 건 모양이었는데, 특히 부모가 이름과 함께 걸어

준 기대는 친인척의 것을 다 합친 만큼이나 무거웠다. 오직 거단 자신만이, 그와 모친이 운이 좋지 않았을 뿐임을 알았다.

별다른 굴곡 없이 대학을 졸업해 동기의 펜팔 친구였던 안의 엄마를 소개받고, 그녀를 따라 경기도에 올라와 살게 된 거단은 식을 올리기도 전에 아이의 아빠가 되었다. 부른 배를 감추기 위해 한복 앞섶을 가리며 수줍어하는 며느리를 보자, 거단의 부모는 한평생의 기대가 헛된 것임을 깨닫고 손님들 앞에서 당혹스러운 표정을 숨기기 바빴다. 거단 역시 결혼식 내내 손수건으로 땀을 닦으며 바닥만 내려다보았다. 거울만큼 번들거리지만 무엇도 비추지 못하는 대리석 바닥을 보며 내심, 이름과 기대의 무게에서 벗어났음에 안도했다.

거단은 자신이 처한 상황보다는 늘 낙천적인 편에 속했고, 그렇기에 그날도 '그저 조금 늦나 보다.' 하고 넘기려 했는지 모를 일이다.

가장 먼저 출근해 공장 문을 열어놓던 사장이 15년 만에 늦잠을 자나 싶어 우스웠고 그 사람, 어디 아픈가 싶어 걱정도 됐다. 출근한 직원들이 하나

둘 모여 사장에게 전화를 걸었지만, 연결할 수 없다는 기계음이 반복되었다.

출근 시간이 한참 지나 식자재를 납품하는 농가의 트럭이 도착했고 트럭에서 내린 운반자는 공장 문이 닫힌 것을 보고는 선금받은 물품을 문 앞에 쌓아놓고 떠났다. 규칙 없이 쌓인 물품 박스를 한참이나 보고서야 그들은 자신들에게 무슨 일이 일어났는지를 알아차렸다. 분개한 직원들은 식자재가 든 박스를 발판 삼아 공장 문을 넘기 시작했다. 성인 남성의 무게를 버티지 못한 박스들이 흉하게 터져 회삿돈으로 구매한 과일과 채소가 으깨지고 부서졌다.

공장 문을 넘지도, 집으로 돌아가지도 못하고 있던 직원들은 최대한 성한 것을 골라 박스를 챙겼다. 거단 역시 가장 큼직한 것으로 서둘러 집어 들었다.

거단은 집으로 향하는 버스 정류장에 앉아 박스를 뜯었다. 박스 상단에 켜켜이 쌓인 오이를 보고 아내가 며칠은 장을 보지 않아도 되겠다고 생각하며 헛웃음을 짓다가, 박스 바닥까지 온통 오이로만

채워진 것을 확인하고는 이내 절망했다. 그 정직한 오이들은 싸구려 과자 사이의 공간을 억지스럽게 부풀린 크리스마스 과자 세트보다 못했다.

딸애에게 그 부당하고 초라한 급여와 비교당했던 날, 거단의 안에서 무언가 부러졌다. 뼈인 것도 같고 몸에서 주요 기능을 하는 다른 무엇인 거 같기도 했다. 그게 무엇이든 간에 거단은 자신이 다시는 일어서지 못할 거라는 서늘한 기분을 느꼈다. 그리고 그 주에 꾼 꿈은 한 줄기 유성처럼 나타나 거단의 삶이 앞으로 변태(變態)할 것임을 계시했다.

꿈속에서의 거단은 자신이 갓 태어난 순간의 공간, 그 순간의 모습으로 존재했다. 실제와 달랐던 것은 어린 그가 몸을 흙 속에 묻고 머리만 밖으로 내놓은 채였다는 것이다. 거단은 출산 직후 더운 숨을 내쉬는 모친과 그녀의 허벅다리, 그리고 제 머리 위로 덮인 천막을 번갈아 보았다. 세상은 물기 어린 눈이 얼어버릴 만큼 차가웠는데 다행히도 그는 세상과 저를 유연히 가로지르는 천막 아래에 있었다. 거단은 자신의 어린 몸을 포대기처럼 감싸 안은 흙의 감촉을 생경하게 느꼈다. 그는 발을 굴러 흙 속으로 더욱 파고들더니 팔과 다리를 양쪽으로 힘껏 뻗어 제 몸을 흙 속에 단단히 고정했다.

머리 위에서는 갓 태어난 아기의 냄새를 맡은 태양이 눈을 부라리며 그를 찾고 있었다. 거단은 자기 몸이 천연비료처럼 분해되어 아예 새로운 존재로 재구성되고 있음을 직감했다. 천막을 뚫고 오를 기세로 자꾸만 자라나는 그의 몸이 시퍼렇게 멍들고, 정돈하지 않은 수염이 뾰족이 오르며, 그는 오이가 되었다. 자신이 무엇이 되었든 간에 세상과 분리되어 있다는 사실만으로 안심이 되었다. 그는 태어나서 처음으로 가정으로부터, 세상으로부터 완전히 달아난 기분을 느꼈다.

거단은 자신이 나고 자란 C읍으로 돌아가 주인 없는 밭에 마구 자란 식물처럼 주도적으로 먹지도 마시지도 누구와도 관계 맺지 않다가 시들어 버리기로 했다. 그러나 저를 따라 C읍에 온 아내 때문에 지난 8년을 살고, 다시 제 엄마를 뒤따라온 딸 때문에 죽지 못했다. 이제는 딸의 딸이 그의 숨을 붙들 것이었으므로 거단은 절망했고, 기뻐했고, 다시 절망했다.

"태어나지 않는 것이 좋아. 그럼에도 태어나지."

안은 꿈속에서 아빠가 외던 저주의 문장이 인애가 아닌 아빠 자신을 향한 것이었음을 깨달았다.

그날 밤, 모든 것은 다시 낮과 반대에 놓여 있었다. 인애가 고집스레 그러쥔 둥근 고리가 마찬가지로 안과 부모님 사이에도 있었다. 언젠가 부러졌지만, 부러진 채로 그들 속에 고요히 이어져 온 고리를 안은 비로소 느낄 수 있었다.

안은 저 자신만 볼 수 없던 것을 또렷하게 보았다.

안은 밥솥 안의 밥을 음식물쓰레기 봉투에 담아 버리고 밥솥 내벽에 암석처럼 눌어붙은 밥알을 물로 녹여 떼어냈다. 그저께 본 날벌레는 밥솥 뚜껑이 닫히고 열리던 어느 순간을 틈타 비상(飛上)하였는지 보이지 않았다. 결국 움직였구나, 안은 생각했다.

안이 쌀을 씻고 밥을 새로 하는 동안 아빠는 텃밭에 누워 뙤약볕을 쬐고 있었다. 안은 그 모습을 바라보며 주말을 제외한 휴가 기간이 모두 끝났음을 상기했다. 당장 내일이면 안은 학교로 복귀해야 했고 당장 오늘부터 아빠는 혼자가 된다. 안은 태어나서 처음으로 그것이 무서웠다.

텃밭에 누운 아빠가 허리를 세워 일어섰다. 안은 하늘을 보며 또 소나기가 내리려나, 했는데 아빠는 하늘이 아닌 안을 보며 제 쪽으로 오라고 손짓했다. 아빠의 여윈 손목이 나뭇잎을 간신히 매단 마른 가지처럼 휘청였다. 안이 다가가자, 아빠는 제 곁에 누우라는 듯 흙바닥을 토닥였다. 안은 작별의 의미로 순순히 몸을 뉘었다.

손과 종아리, 목덜미에 닿는 흙은 볕에 알맞게 익어 안의 몸을 뭉근하게 감쌌다. 흙 위에 누운 안은 태어나서 처음 호흡하는 사람처럼 어색하게 숨을 들이쉬고 내쉬었다. 그러는 사이 아빠가 멀칭 비닐을 끌어다 안의 얼굴 위로 덮었다.

안은 자신의 호흡이 비닐 안쪽으로 하얗게 묻어나는 것을 집중하여 바라보았다. 겨울 사이 핀 서리가 봄이면 녹아 없어지듯이 아빠와 안의 숨결은 있다가 없다가, 분명히 있었음에도 다시 없는 것이 되기를 반복했다.

"다시 간밤의 꿈을 꾸고 있는 것만 같다."

아빠가 팔과 다리를 벌리자, 아빠의 왼손이 안

의 오른손 위로 포개어졌다. 비닐 밖에선 늙은 짐승의 수족이었던 아빠의 뿌리가 안의 것과 얽히자 맞잡은 사람의 손이 되었다. 안의 손등과 아빠의 손바닥 사이로 고운 흙 몇 알만이 존재했다.

아빠는 멀칭 비닐 너머로 하늘을 내다보며 가슴을 부풀려 호흡하고, 두 팔과 다리를 비닐 밖으로 힘껏 내밀었다. 아빠의 가느다란 몸통만이 비닐 아래 숨은 모양이 되었다. 안은 아빠의 숨소리를 양분처럼 삼켜내며 마찬가지로 숨을 쉬었다. 호흡이 떨리며 하얀 숨이 불안정하게, 더 오랜 잔상을 남겼다. 안은 엄마가, 외호가 떠나던 날을, 인애마저 그녀를 떠나던 날을 떠올렸다.

그녀 곁에 흐린 한 줄로 남아주려던 인애가 테스트기에서 완전히 자취를 감췄던 날도 안은 지금처럼, 비닐에 숨결을 더 오래 남기려 애를 쓰는 지금처럼 숨이 차고 뼛속까지 괴로웠다. 마침내 숨이 멎어 뿌연 입김이 사라지자, 인애마저 완전히 없는 것이 되었다. 더부룩하던 아랫배가 허망하게 꺼지는 감각을 느끼자 안은 눈물을 흘렸다. 견딜 수 없이 슬펐지만 호흡은 점차 고르게 나아갔고, 아빠의 것과 속도를 맞춰갔다.

　구겨지고 실컷 닳은 비닐이 두 사람의 평수에 맞게 부풀어 올랐다. 비닐 안에서 올려다본 태양은 천장에 달린 형광등처럼 온화한 빛으로 세상을 밝히고 있었다. 안은 눈동자에 차오르는 따스함을 느끼며 자신을 감싼 세상이 한 겹 두터워지는 것을 보았다.

작가의 말

　「견인지역」은 회사 앞 견인지역 표지판을 보고 떠올린 이야기이다. 초기 구상은 장면 위주의 희곡이었던 터라 소설로 옮기는 과정에서 부단히 애를 먹었다. 초고를 작성하며 싱어송라이터 심규선 님의 'Each & All'이라는 노래를 들었는데 '자기 자신이 아닌 다른 누구를 지키려 할 때 사람은 몇 배로 더 강해진다'는 가사를 듣고 용이 무를 구해내는 장면을 떠올리게 되었다. 사람이 사람에게 상처 주는 일을 막을 수는 없겠지만, 사람을 구하는 것 또한 사람이라는 신념에 목소리를 보태고 싶었다.

　「솔로 인 더 라이트」는 마음 넉넉하던 어린 시절로부터 인형을 매개로, 삶의 정체 구간을 벗어날 힘을 얻는 미희의 이야기이다. 쓴 지 몇 개월 이상이 지난 글은 원고를 고치는 시점의 나에게 하는 말처럼 느껴지곤 하는데 이 소설도 그랬다.

표제작인 「한 눈이 반했습니다」는 '한눈에 반하다'라는 표현에서 착안한 이야기로 대상(對象)과의 단절에 비롯되는 혼란과 후회에 대한 소설이다. 그 대상이 무엇이든, 온전한 하나에서 절반이 되는 일은 제법 힘들다는 걸 나 역시 막 배운 참이다.

「베이비 캐리어」는 2023년 여름, 칼부림 사건과 '출산율 0.8'에 대한 뉴스를 보며 떠올린 이야기이다. 결혼과 출산을 둘러싼 근본적인 문제가 해소되지 않는 한, 국가에서 내놓는 출산 장려 정책들은 허례허식에 그칠 뿐임을 말하고 싶었다.

「얼리지 않아」 속, 흰 음모로 인해 사람 사귐에 문제를 겪는 다희의 이야기는 고등학교 때 구상한 것이다. 직무스트레스로 히스테리를 겪는 서린이라는 인물은 최근에야 만들었는데, 서로 다른 시간에 지어진 두 인물이 '눈의 여왕'이라는 모티브 아래 만나 연대하는 소설을 쓰게 되었다.

「비닐, 하우스」는 수록 원고 중 가장 먼저 쓰인 것으로 가장(家長)의 위치에서 달아난 아빠와 아빠를 찾아 아빠의 고향에 간 딸이 가정(家庭)의 의미를

재정립하는 이야기이다. 중년의 위기를 겪고 있는 아빠에게, 말로는 전하지 못할 위로를 담아 썼다.

이 책은 초기 기획안과 표제도, 수록작도 다른 모습으로 출간되었다. 완고(完稿) 하나 없이 소재만 달랑 가지고 출판오디션에 참가했기 때문인데, 미완성에 겁이 없었다는 점에서 출판오디션에 참가한 작년의 나와 참 비슷하다는 생각이 든다.

스물다섯이라는 나이에는 보이지 않는 접는 선이 있달까. 이전과 이후의 삶을 구분하는 분명한 선이 필요한 때라고 느껴졌다. 때문에, 권태감과 불만족이 일년 내내 마음을 좀먹던 시기였다.

미완성 원고와 함께 조급한 마음으로 달렸던 연말, 나는 구멍에 빠졌다. 외근을 다녀오는 길에 합정역 승강장에서 발 빠짐 사고를 겪은 것이다(모두 조심하시기를). 스크린 도어에 머리를 부딪혀 왼쪽 머리에 혹이 났고, 시신경이 눌렸는지 눈앞이 뿌옇고 초점이 맞지 않는 외상을 겪었다.

삶이 나아지기는커녕 나빠질 거라는 불안감과 함께 맞은 스물여섯이지만, 몸도 마음도 저마다의 속도로 회복 중이다. 출판 오디션을 통해 첫 책을 낼 기회를 주신 아크앤북, 아마추어의 원고를 감내해 주시고 기성 작가로서 아낌없이 조언해 주신 편집장님, 오디션 소식 전해 주시고 스승으로서 선배로서 아낌없는 지지를 보내주신 이은선 교수님께 진심으로 감사드린다. 사는 동안(특히 집필 기간 동안) 나의 예민한 천성을 견뎌 주신 부모님과 쓰는 일의 즐거움을 처음 일깨워 주셨던 홍수경 선생님, 원고가 졸작에 그치지 않도록 냉철히 판단해 준 창작·독서 스터디 친구들에게도 깊은 애정을 전한다.

쓰고 고치는 일에 금방 물리고 쉽게 포기를 말하는 사람이지만 평생 글 쓰며 살 거 같다는 주변인들의 덕담에 힘입어 첫 책을 무사히 낼 수 있었다.

나와의 어떤 연고도 없지만 이 책을 발견해 주신 독자께는, 또 찾아뵐 테니 다시 한번 만나 주십사 부탁 말씀을 올린다.

스물여섯의 봄,
김하진

한 눈이 반했습니다

초판 인쇄 2024년 7월 1일
초판 발행 2024년 7월 1일

지은이 김하진
펴낸이 사공훈
편집 은현희
디자인 노유진
기획 김명준
지원 F83프로젝트
후원 2023 목포문학박람회
펴낸곳 주식회사 오티디코퍼레이션
출판등록 2023년 9월 19일 제2023-000092호
주소 서울특별시 용산구 대사관로34길 21 영풍빌딩 5층(한남동)
대표전화 070-8822-2412 | **전자우편** anb_publish@otdcorp.co.kr
ISBN 979-11-987913-0-6 (03810)